TOUT FAIRE SOI-MÊME

ESPRIT ÉCOLO

TEXTES, PHOTOS ET MISE EN PAGES
Raphaële Vidaling

Tana
éditions

TOUT FAIRE SOI-MÊME

ESPRIT ÉCOLO

TEXTES, PHOTOS ET MISE EN PAGES

Raphaële Vidaling

Tana
éditions

SOMMAIRE

CHANTIER ÉCOLO

Comment faire...

PIÈCES D'EAU

Comment faire...

DÉCO

Comment faire...

AU JARDIN

Comment faire...

INTRODUCTION

Qu'est-ce que ça veut dire « être écolo » ? Selon le dictionnaire, c'est œuvrer pour la conservation des ressources naturelles et la préservation des écosystèmes, et veiller à marquer l'environnement d'un impact aussi faible que possible. S'y tenir dans ses choix de vie, c'est donc réduire la consommation de biens fabriqués à l'échelle industrielle pour leur préférer l'artisanat, éviter l'usage de matériaux et d'ingrédients susceptibles de dégrader la nature et, de façon plus générale, accepter l'idée de la décroissance au nom d'une « sobriété heureuse ». C'est donc aussi remplacer en partie la jouissance de l'avoir par celle du faire.

C'est dans ce sens qu'a été conçue la collection « Tout faire soi-même ». Elle nourrit le fantasme d'autonomie : se libérer d'une addiction aux produits du commerce chantés par la publicité, fondatrice du système capitaliste tout entier, pour se découvrir capable de fabriquer les choses de ses mains… en attendant de savoir s'en passer.

Dans cette démarche, on privilégie la débrouille plutôt que la norme, la créativité plutôt que la perfection, l'adaptation aux moyens du bord plutôt que le respect des règles. Contre le principe d'obsolescence programmée, responsable de tas de déchets honteux pour l'humanité et lourds pour la planète, elle propose au contraire de lutter contre le gâchis en faisant feu de tout bois : recycler plutôt que jeter, fabriquer plutôt qu'acheter, réparer plutôt que détruire. Et introduire le moins possible de matériaux polluants ayant nécessité le recours à des dérivés du pétrole.

Dans cette optique, on commence par limiter les déchets : on évite l'usage de tout ce qu'on a appris à considérer comme jetable après usage pour préférer des substituts réutilisables : toile cirée plutôt que film alimentaire, sacs en tissu plutôt qu'en plastique pour faire des achats en vrac plutôt que conditionnés en boîtes ou en sachets, lingettes et serviettes hygiéniques lavables, etc. Et puis on vise une alimentation qui limite les produits animaux : on fustige les automobilistes et les usagers de l'avion, mais on oublie souvent de dire que l'industrie de l'élevage et le commerce de la viande, à l'échelle planétaire, produisent plus de gaz à effet de serre que tout le secteur des transports ! D'où le chapitre sur la cuisine vegan, pour ouvrir des perspectives joyeuses à un quotidien qui laisse les animaux vivre tranquille sans asservissement.

Vivre écologiquement, c'est aussi réduire le recours aux énergies coûteuses pour l'environnement : prolonger ses cuissons grâce au principe de la marmite norvégienne, capter l'énergie solaire pour bricoler une douche ou troquer le rêve de Jacuzzi électrique pour une simple baignoire d'extérieur au feu de bois… mais vous verrez aussi comment construire une piscine ! Car, quand on est plus ambitieux, il y a moyen d'appliquer ces principes à l'échelle de son habitat. Une grande part de ce livre raconte mon aventure de chantier de rénovation écologique, en espérant que ce partage donne envie de se lancer dans l'aventure.

Toutes sortes de solutions qui rendent heureux selon le principe de faire plus avec moins !

CUISINE VEGAN

COMMENT FAIRE du pain express sans gluten

IL VA VOUS ÉPATER PAR SA SIMPLICITÉ D'EXÉCUTION, SANS PÉTRISSAGE NI TEMPS DE REPOS. LE SEUL INGRÉDIENT UN PEU INHABITUEL QUE VOUS DEVEZ ACHETER (EN MAGASIN BIO), C'EST DU PSYLLIUM. TOUT LE RESTE, VOUS L'AVEZ DANS VOS PLACARDS ! CHEZ MOI, C'EST DEVENU LE PAIN QUOTIDIEN.

INGRÉDIENTS

- 80 G DE SARRASIN EN GRAINS (OU SINON DE FARINE DE SARRASIN)
- 80 G DE LENTILLES CORAIL
- 80 G DE RIZ
- 2 C. À S. DE PSYLLIUM BLOND
- 30 CL D'EAU
- 75 G DE GRAINES AU CHOIX (TOURNESOL, COURGE, SÉSAME...) + UN PEU POUR LE TOPPING
- 1 C. À C. DE BICARBONATE DE SOUDE
- 2 C. À S. DE VINAIGRE DE CIDRE
- 1 C. À C. DE SEL
- HERBES OU ÉPICES AU CHOIX
- FACULTATIF POUR LE MOELLEUX : 1/2 COURGETTE OU 1 POMME

1 Mettre le psyllium à gonfler dans un saladier avec l'eau. Mélanger à la fourchette. Le laisser prendre en gel (à peine 10 minutes). Préchauffer le four à 180 °C.

2 Mixer au moulin à café (ou au blender solide) le riz, les lentilles corail et le sarrasin afin d'obtenir instantanément une farine. (Chez moi, 80 g de chaque ingrédient correspond à peu près au contenu de mon mixeur à café, lequel me sert donc de verre doseur.)

3 Mélanger au gel de psyllium ces trois farines, le sel, le bicarbonate et le vinaigre, qui le fait mousser. Ajouter les graines, ainsi que les herbes ou les épices si désiré.

4 Si l'on souhaite un pain moelleux, râper la pomme ou la demi-courgette et l'incorporer.

5 Verser la pâte dans un moule à cake ou la mettre telle quelle en forme de pain rustique sur un tapis de silicone. Elle gonflera modérément, c'est un pain dense. La recouvrir de graines. Faire cuire pendant 40 minutes.

6 Démouler sur une grille et patienter jusqu'au refroidissement pour découper des tranches. Et inventer des petites variantes à chaque fournée...

Comment faire
de la sauce magique

UNE VRAIE ASTUCE QUI CHANGE LA VIE AU QUOTIDIEN, QUE JE DOIS AU CHEF VÉGÉTARIEN JEAN MONTAGARD. ON FAIT UN GRAND BOL DE SAUCE LE DIMANCHE ET ELLE ENCHANTE TOUS LES PLATS (CHAUDS OU FROIDS) DE LA SEMAINE !

INGRÉDIENTS

- 3 BOUQUETS D'HERBES AROMATIQUES (PAR EXEMPLE : PERSIL, CORIANDRE, MENTHE)
- 2 PETITES ÉCHALOTES
- 2 GOUSSES D'AIL
- LE JUS DE 1 CITRON
- 1/2 VERRE DE SAUCE SOJA
- ENV. 50 CL D'HUILE D'OLIVE (OU AUTRE)
- DES GRAINES ET ÉPICES AU CHOIX

1 Avant tout, se procurer un très bon couteau, pour le plaisir de couper (si, comme moi, vous tombez amoureux de cette sauce, vous allez la faire 52 fois cette année !). Hacher finement au couteau les herbes, tiges comprises pour la coriandre. Hacher également les échalotes et l'ail.

2 Mélanger tous ces ingrédients avec le jus de citron, la sauce soja, les graines et les épices.

3 Verser l'huile sans la mesurer : l'objectif est d'arriver à la hauteur des herbes, pour qu'elles marinent dedans. Bien mélanger et laisser au frais.

Cette sauce se conserve une semaine au frais. Elle est encore meilleure à partir du lendemain. Elle accompagne délicieusement les crudités, mais aussi tous les légumes cuits nature (brocolis, haricots verts, aubergines au four...) accompagnés d'une céréale. Enfin, c'est un régal à l'apéro en tartinade sur une tranche de bon pain ! On peut lui inventer des variantes en ajoutant du vinaigre de cidre, un peu de sucre, des épices (gingembre, sumac, anis, cumin...) ou des graines (sésame, tournesol, chia...).

Comment faire des graines germées

RIEN DE TEL POUR LA SANTÉ QUE DE MANGER VIVANT !
UNE FOIS GERMÉES, LES GRAINES MULTIPLIENT PAR SIX LEUR TAUX DE VITAMINES ET DE MACRONUTRIMENTS. OR, LES FAIRE POUSSER SOI-MÊME EST UN JEU D'ENFANT...

MATÉRIEL

- DES GRAINES À FAIRE GERMER (EN MAGASIN BIO)
- UN GRAND BOCAL EN VERRE SANS COUVERCLE
- UN MORCEAU DE GAZE
- UN ÉLASTIQUE
- UN TORCHON

1 Mettre 1 c. à s. de graines dans le bocal, les recouvrir largement d'eau et laisser les graines se réhydrater pendant une nuit.

2 Le lendemain, fermer le bocal avec la gaze et l'élastique, vider l'eau (la gaze sert de passoire).

3 Secouer un peu le bocal de façon que les graines se répartissent sur la longueur et le poser sur le bord de l'évier, dans un récipient ou sur un égouttoir, légèrement incliné, pour que l'eau puisse continuer à s'écouler. Recouvrir le bocal d'un torchon : les graines poussent dans l'obscurité.

4 Patienter ainsi plusieurs jours, en prenant soin de rincer les graines matin et soir : pas besoin de retirer la gaze, on fait couler de l'eau, on agite doucement, on égoutte et on place à nouveau le bocal incliné sous son torchon.

5 Au bout de quelques jours, les graines auront germé et seront prêtes à être consommées rapidement (crues, bien sûr). Et puis on recommence !

Comment fabriquer des rouleaux de printemps multicolores

UNE VARIANTE ARC-EN-CIEL DU PLAT TRADITIONNEL VIETNAMIEN. IDÉAL POUR UN BUFFET DE FÊTE : SUCCÈS GARANTI POUR CHANGER DU CAKE AUX OLIVES ! LES RÉALISER EST UN ATELIER CRÉATIF EN SOI, QUI EST PLUS AMUSANT À MENER À PLUSIEURS. LE PRINCIPE PEUT MÊME SE TRANSFORMER EN REPAS FAMILIAL : ON MET TOUS LES INGRÉDIENTS SUR LA TABLE ET CHACUN SE ROULE SON ROULEAU AVANT DE L'AVALER. C'EST AUSSI UNE BONNE SOLUTION POUR FINIR DES PETITS RESTES DE LÉGUMES OU DE SALADES MÉLANGÉES.

INGRÉDIENTS

- DES FEUILLES DE RIZ
- DES VERMICELLES DE RIZ
- DE LA SAUCE MAGIQUE (VOIR P. 12)
- DES CRUDITÉS ET DES FRUITS VARIÉS (CAROTTES, BETTERAVE CRUE, AVOCAT, RADIS, FRAISES, GRENADE, ORANGE, KIWIS, GROSEILLES, POIVRONS TRICOLORES, TOMATES-CERISES, JEUNES POUSSES DE SALADE OU D'ÉPINARD, HERBES AROMATIQUES, FENOUIL, CHOU ROUGE, CHAMPIGNONS...)

1 Réhydrater les vermicelles de riz en les plongeant dans l'eau bouillante, puis les égoutter.

2 Les mélanger à de la sauce magique ou, sinon, les assaisonner autrement (conseillés : sauce soja, gingembre, citron, coriandre...).

3 Préparer les crudités et les fruits : couper les carottes en lanières à l'épluche-légumes et au couteau pour l'avocat et les poivrons ; couper les fraises, les kiwis, les tomates-cerises, la betterave, l'orange et les radis en rondelles ; émincer le fenouil et les champignons ; égrener la grenade ; râper grossièrement le chou rouge... On peut aussi utiliser un tout petit emporte-pièce et réaliser, par exemple, des étoiles de betterave ou de poivron.

4 Préparer une grande assiette creuse d'eau tiède et garder la bouilloire à proximité si l'opération dure longtemps (selon le nombre de rouleaux prévu). Tremper une feuille de riz dans l'eau tiède et la retirer dès qu'elle est souple. L'étaler devant soi sur une planche ou une assiette et mettre à tremper la feuille suivante. Disposer les crudités sur la feuille de riz ainsi qu'un peu de vermicelles assaisonnés. La façon classique consiste à disposer la garniture devant soi en bas de la feuille, puis à rabattre les côtés avant de rouler le tout. Dans ce cas, on gardera une petite déco à glisser sous la toute dernière partie de la feuille de riz, qui sera bien visible par transparence. Mais comme il s'agit de réaliser avec plaisir et créativité toutes sortes de rouleaux différents, on peut inventer d'autres méthodes, comme disposer des crudités en rayures sur toute la feuile de riz, puis rouler. À chacun d'inventer son dessin !

5 Bien serrer (mais délicatement !) au moment du roulage, puis poser le rouleau de printemps sur le plat de service. Il va légèrement se solidifier. Poursuivre ainsi tant qu'il y a des feuilles et de la garniture. Conserver au frais (ils ne se déliteront pas) et servir dans la journée. On peut proposer un petit bol de sauce en plus, mais si les vermicelles ont été bien assaisonnés, ce n'est pas obligatoire...

Comment faire du « faux-mage » vegan

IL EXISTE UN GRAND NOMBRE DE RECETTES PLUS OU MOINS PERFECTIONNÉES DE MIXTURES VÉGÉTALES QUI CHERCHENT À IMITER LE FROMAGE, NOTAMMENT GRÂCE À L'AJOUT DE LEVURE DE BIÈRE, QUI DONNE UNE ODEUR UN PEU COMPARABLE. CETTE RECETTE EST TRÈS SIMPLE, IL SERAIT PLUS JUSTE DE L'APPELER TOUT SIMPLEMENT « TARTINADE », MAIS SON USAGE RESSEMBLE À CELUI QUE L'ON FERAIT D'UN CHÈVRE FRAIS.

INGRÉDIENTS

- 100 G DE TOFU LACTOFERMENTÉ
- 1 POIGNÉE DE NOIX DE CAJOU
- 1 PETITE GOUSSE D'AIL
- 1 PETITE ÉCHALOTE
- ENV. 50 G D'HUILE D'OLIVE
- SEL ET POIVRE
- AROMATES AU CHOIX : CUMIN, CIBOULETTE, PAPRIKA...

1 Passer au mixeur les noix de cajou, l'ail et l'échalote afin de les réduire en purée.

2 Ajouter le tofu, puis l'huile en filet, jusqu'à obtenir la consistance désirée : soit un peu compacte, soit crémeuse.

3 Assaisonner avec le sel, le poivre, les épices et les herbes hachées éventuelles.

4 Donner sa forme au fromage et le laisser au frais pendant au moins 1 heure pour que les saveurs infusent et qu'il se raffermisse un peu.

5 On peut le servir tel quel ou le recouvrir d'épices, d'herbes, de graines de sésame ou de poudre de noisettes. C'est une base qu'il est facile d'adapter pour la décliner selon toutes sortes de saveurs.

Comment faire

des champignons d'apéritif

UNE FAÇON PEU COMMUNE DE PRÉSENTER LES CHAMPIGNONS CRUS, GARNIS DE LA PRÉPARATION INDIQUÉE EN PAGE DE GAUCHE. ELLE PEUT ACCOMPAGNER TOUTES SORTES DE CRUDITÉS, SELON LA SAISON : TRANCHES DE CONCOMBRE, MINIPOIVRONS FARCIS, TOMATES-CERISES, CHOU-RAVE EN LAMELLES, ETC.

INGRÉDIENTS

- « FAUX-MAGE » VEGAN (VOIR P. 16)
- CHAMPIGNONS DE PARIS DE PETITE TAILLE
- HERBES, ÉPICES ET GRAINES VARIÉES

1 Retirer la queue des champignons (à utiliser dans une autre recette, par exemple les légumes farcis, p. 24).

2 Garnir les chapeaux de « faux-mage » de façon à former des sphères en lissant celles-ci avec le creux d'une petite cuillère. La quantité indiquée en page de gauche permet de farcir une trentaine de petits champignons.

3 Presser les champignons côté garniture dans différentes sortes de graines (chia, tournesol, courge, lin concassé, alfalfa germée…), d'épices (curry, paprika, poivre…) ou d'herbes fraîches ou sèches hachées (aneth, origan, menthe…).

4 Conserver au frais et servir rapidement.

Comment faire de la lactofermentation

UN MOT À LA MODE POUR UNE TECHNIQUE ANCESTRALE, QUI CONSISTE TOUT SIMPLEMENT À CONSERVER DES LÉGUMES CRUS DANS DE L'EAU SALÉE : LA FERMENTATION NATURELLE LEUR PERMET DE FABRIQUER DES PROBIOTIQUES, QUI CONTRIBUENT À L'ÉQUILIBRE BACTÉRIOLOGIQUE DE L'INTESTIN ET FAVORISENT LA DIGESTION. RENSEIGNEZ-VOUS SUR LA QUESTION, VOUS LIREZ UNE LISTE IMPRESSIONNANTE DE VERTUS : RENFORCEMENT DU SYSTÈME IMMUNITAIRE, APPORT EN VITAMINES C, K, PP ET B AINSI QU'EN MINÉRAUX, DÉTOXIFICATION, AMÉLIORATION DU TRANSIT… ET, BONNE NOUVELLE, C'EST TRÈS FACILE À FAIRE !

INGRÉDIENTS ET MATÉRIEL

- DES LÉGUMES BIO ET CRUS
(chou, radis, carottes, haricots, poivrons, champignons, brocoli, ail, oignons, tomates, navets, céleri-branche, pois, fèves, courges, courgettes, aubergines, concombres, betteraves, chou-fleur…)
- DE L'EAU NON CHLORÉE (MINÉRALE OU BOUILLIE ET REFROIDIE)
- DU GROS SEL MARIN ORDINAIRE SANS AJOUT
- DES HERBES AROMATIQUES ET DES ÉPICES AU CHOIX
- DES BOCAUX AVEC JOINT EN CAOUTCHOUC

C'est de cette façon que l'on fait la choucroute, le kimchi coréen ou encore le citron beldi ! Pour en savoir plus, allez visiter le site très bien renseigné de Marie-Claire Frédéric : nicrunicuit.com.

1 Ne pas laver les légumes, puisqu'ils sont bio, on aura besoin de leurs « bonnes » bactéries. Se contenter de les brosser s'ils ont de la terre. Les couper en morceaux.

2 Préparer la saumure en mélangeant 30 g de sel par litre d'eau. Attendre que le sel soit bien dissous.

3 Disposer les légumes dans le bocal, par exemple en alternant les couches, pour faire joli. Pas besoin non plus de stériliser le bocal, il doit simplement être propre. Ajouter les herbes et les épices éventuelles.

4 Bien tasser les légumes. Le bocal doit être rempli jusqu'à 1 ou 2 cm du bord supérieur. Verser la saumure jusqu'à ce que les légumes supérieurs flottent dedans. Fermer le bocal et l'étiqueter.

5 Laisser le bocal à température ambiante (de 15 à 25 °C) au moins la première semaine, posé sur une assiette, car il risque d'y avoir des fuites. Le liquide va d'abord devenir trouble, puis s'éclaircir : c'est tout le travail des bactéries. Ne pas ouvrir le bocal, sous peine d'interrompre ce processus. À partir de la deuxième semaine, le bocal peut être entreposé dans un endroit plus frais. Attendre 3 semaines avant de consommer. Il peut se conserver pendant 1 année au moins.

6 Il est préférable de faire des bocaux de petite taille. Ainsi, dès qu'un bocal est ouvert, on le finit sans peine. S'il est plus gros et que l'on souhaite n'en prélever qu'une partie, des précautions sont nécessaires : utiliser un ustensile propre pour se servir, ne pas y mettre la main ou ne pas remettre dans le bocal un ingrédient qui en a été retiré, et laisser le reste baigner dans la saumure. Il est plus prudent de conserver le bocal ainsi entamé au réfrigérateur.

COMMENT FAIRE

un Buddha bowl

LE PRINCIPE D'UN BUDDHA BOWL, C'EST UN PLAT COMPLET RÉALISÉ DANS UN GRAND BOL PAR ASSEMBLAGE JOLIMENT JUXTAPOSÉ. IL S'INSPIRE DU POKE BOWL, D'ORIGINE HAWAÏENNE, MAIS EN VERSION VEGGIE. IL COMPREND TOUJOURS DES LÉGUMES CRUS ET CUITS, VOIRE DES FRUITS, ACCOMPAGNÉS DE CÉRÉALES, DE LÉGUMINEUSES ET DE PROTÉINES VÉGÉTALES. TOUTES LES VARIANTES SONT POSSIBLES...

EXEMPLES DE CRUDITÉS

- CAROTTE
- CONCOMBRE
- TOMATE-CERISE
- POIVRON
- RADIS
- POUSSES D'ÉPINARD
- CHOU-RAVE, CHOU-FLEUR, CHOU ROUGE
- BETTERAVE
- FENOUIL
- GRAINES GERMÉES

EXEMPLES DE FRUITS

- AVOCAT (EN ÉVENTAIL DE TRANCHES)
- MANGUE (EN DÉS)
- POMME (RÂPÉE)
- GRENADE (GRAINS)
- ANANAS (DÉS, ÉVENTUELLEMENT ÉPICÉS)

EXEMPLES DE LÉGUMES CUITS FROIDS

- BROCOLI (10 MINUTES À LA VAPEUR)
- AUBERGINE (SAUTÉE OU EN CAVIAR AU CUMIN)
- PATATE DOUCE (SE MANGE AUSSI CRUE !)
- COURGE (SAUTÉE EN DÉS)
- PETITS POIS (À L'ANGLAISE, À LA MENTHE)
- HARICOTS VERTS (AU GINGEMBRE)

EXEMPLES DE CÉRÉALES (OU PSEUDO)

- RIZ (BASMATI OU COMPLET)
- SARRASIN (VERT OU GRILLÉ)
- NOUILLES SOBA FROIDES
- QUINOA (EXISTE EN TRICOLORE)
- BOULGOUR (COMPLET, C'EST PLUS SAIN)

EXEMPLES DE LÉGUMINEUSES CUITES

- FÈVES (FAVORITES DES POKE BOWLS)
- LENTILLES
- POIS CHICHES
- AZUKI
- FALAFELS (BOULETTES DE POIS CHICHES)

EXEMPLES DE PROTÉINES

- TOFU MARINÉ OU FUMÉ
- PROTÉINES DE SOJA RÉHYDRATÉES
- CROQUETTES DE SEITAN

EXEMPLES DE GRAINES

- TOURNESOL, COURGE...
- SÉSAME BLOND, GRILLÉ OU NOIR
- CHIA, CHANVRE, LIN...

EXEMPLES D'OLÉAGINEUX

- NOIX, NOIX DE CAJOU, NOIX DU BRÉSIL, NOIX DE PÉCAN...
- NOISETTES, CACAHUÈTES

EXEMPLES DE SAUCES

- SAUCE MAGIQUE AUX HERBES, VOIR P. 12
- MANGUE MIXÉE AVEC DE L'HUILE DE SÉSAME
- SAUCE YAKITORI (SAUCE SOJA SUCRÉE AVEC MIRIN, SUCRE, HUILE DE SÉSAME, AIL ET GINGEMBRE RÂPÉS, ÉPAISSIE À LA CASSEROLE)
- TZATZIKI VEGAN (YAOURT DE SOJA, CITRON, CONCOMBRE RÂPÉ, MENTHE)
- TAHINI (PÂTE DE SÉSAME DILUÉE ET AROMATISÉE D'HERBES)
- PESTO MAISON (TOUTES SORTES D'HERBES)
- VINAIGRETTE SUCRÉE AUX AGRUMES ET AU GINGEMBRE

1 Choisir, plutôt qu'un bol proprement dit, une sorte de petit saladier.

2 Composer son plat selon le marché du jour, en veillant à la complémentarité des ingrédients. Se faire plaisir dans la disposition harmonieuse, car la beauté est aussi nourrissante à sa façon.

3 Terminer par la sauce, puis les graines. Déguster frais.

cubes de tofu fumé
poivron cru
salade
riz basmati à l'huile de coco
sésame noir
graines de courge
radis mariné au tamari
arottes icolores
brocoli mi-cuit, sauce magique
noix de cajou trempées 3 h
caviar d'aubergines au cumin
pois chiches, sauce yaourt cannelle-menthe
graines germées d'alfalfa
chou-fleur cru
lanières de carottes au citron

COMMENT FAIRE

des aromates en poudre

IL NOUS EST À TOUS ARRIVÉ D'ACHETER UNE BOTTE D'ESTRAGON OU DE CIBOULETTE POUR FAIRE UNE RECETTE, PUIS DE LAISSER LE RESTE SE PERDRE AU RÉFRIGÉRATEUR. VOICI COMMENT LA SAUVER DU GÂCHIS. ET AUSSI COMMENT RÉALISER DES POUDRES AVEC VOS ÉCORCES D'AGRUMES, ÉGALEMENT RESCAPÉES DE LA POUBELLE.

INGRÉDIENTS

- DES HERBES AROMATIQUES
- DES ÉCORCES D'ORANGE ET DE CITRON BIO

LES POUDRES D'HERBES

1 Dans un monde idéal, on va cueillir les herbes aromatiques dans son jardin et on les fait sécher encore fraîches, par petits bouquets, tête en bas. C'est bien mieux que l'option suivante, car les herbes gardent leur saveur et leurs vertus.

2 Dans un monde ordinaire et urbain, où l'on fait comme on peut, au moment où l'on se rend compte qu'on va perdre une botte d'herbes entamée, plutôt que de la laisser se flétrir, la hacher au couteau et l'étaler finement entre deux couches d'essuie-tout (ou de tissu) et la passer au micro-ondes pendant 1 minute. Prolonger la cuisson au besoin, jusqu'à ce qu'elles soient bien sèches.

3 Mixer finement ces herbes au moulin à café électrique et les conserver dans des petites boîtes ou des bocaux. On peut aussi inventer des mélanges.

LES POUDRES D'AGRUMES

1 À chaque fois qu'on consomme la pulpe ou le jus d'un citron ou d'une orange (non traités après récolte), penser à prélever leur zeste, grossièrement, à l'aide d'un épluche-légumes.

2 Laisser ces zestes sécher naturellement, si possible en les mettant au soleil, jusqu'à ce qu'ils deviennent cassants.

3 Les mixer finement au moulin à café électrique, jusqu'à obtenir une poudre, que l'on peut éventuellement tamiser. On peut s'en servir pour parfumer un gâteau, un yaourt, des crêpes, mais aussi toutes sortes de plats salés, des salades, des plats mijotés... Une vraie merveille !

COMMENT FAIRE

des légumes farcis à la viande végétale

INGRÉDIENTS POUR 4 PARTS

- 1 OIGNON
- 2 COURGETTES RONDES
- 1 POIVRON ROUGE
- 100 G DE CHAMPIGNONS
- 2 GOUSSES D'AIL
- 50 G DE PROTÉINES DE SOJA TEXTURÉES
- 1 C. À S. DE MISO
- 3 BRINS DE THYM
- 1 C. À S. DE SAUCE SOJA SUCRÉE
- 1 C. À S. DE SAUCE SOJA SALÉE
- HUILE D'OLIVE
- SEL ET POIVRE

CETTE RECETTE EST L'OCCASION D'ÉVOQUER EN PRATIQUE LES PROTÉINES DE SOJA TEXTURÉES, QUI REMPLACENT ÉTONNAMMENT LA VIANDE PAR LEUR CONSISTANCE. SUR CETTE BASE, ON PEUT RÉALISER UNE SAUCE BOLOGNAISE, DU CHILI « SIN » CARNE, DES LASAGNES OU UNE MOUSSAKA.

1 Mettre les protéines de soja texturées dans un récipient avec les gousses d'ail, le thym et le miso. Les recouvrir d'eau bouillante et les laisser mariner et se réhydrater pendant 20 minutes.

2 Couper le poivron en deux, ouvrir les courgettes, vider l'intérieur en conservant la pulpe pour plus tard, et faire cuire ces légumes au four à 180 °C, couverts d'un papier d'aluminium ou d'un papier de cuisson, afin qu'ils ne se dessèchent pas.

3 Éplucher l'oignon, le couper en petits morceaux et le faire revenir dans une sauteuse avec un peu d'huile.

4 Couper les champignons en morceaux et les ajouter dans la sauteuse, ainsi que les protéines de soja égouttées et l'ail récupéré dans la marinade. Laisser dorer en remuant.

5 Faire caraméliser légèrement ce mélange par l'ajout de la sauce soja sucrée.

6 Ajouter la pulpe des courgettes grossièrement hachée, mélanger, puis ajuster l'assaisonnement avec de la sauce soja salée, du sel et du poivre.

7 Garnir le poivron et les courgettes avec ce mélange et terminer la cuisson au four. Servir avec du riz ou une autre céréale.

VARIANTE AVEC UNE FRICASSÉE DE PEAUX DE BANANE

Aussi étonnant que cela puisse paraître, j'ai appris de mon amie brésilienne Janaina que, dans son pays, on cuisinait même les peaux de banane ! Il faut les choisir bio, bien mûres, en retirer les extrémités dures, puis les laver, les couper en morceaux ou en filaments (vec les dents d'une fourchette) avant de les faire cuire dans l'eau pendant 15 minutes. Une fois égouttées, les peaux auront perdu leur goût de banane et toute amertume, prêtes à être revenues avec ail et oignons.

COMMENT FAIRE

des petits pains à burger

UN PEU DE BOULANGE POUR SE DIRE « C'EST MOI QUI L'AI FAIT » ! PAS SI COMPLIQUÉ DE FAIRE DU PAIN, FINALEMENT.

INGRÉDIENTS POUR 2 PAINS

- 150 G DE FARINE DE BLÉ T110 (OU AUTRE)
- 20 G DE MARGARINE RAMOLLIE
- 2 C. À C. DE LEVURE DE BOULANGER SÈCHE
- 30 G DE YAOURT VÉGÉTAL
- 5 CL DE LAIT VÉGÉTAL
- 4 PINCÉES DE SEL
- 1 C. À C. DE SUCRE (FACULTATIF)
- GRAINES (FACULTATIF)

1 Mélanger la farine, le sel et le sucre, puis la levure. Y incorporer le yaourt, le lait, la margarine ramollie et pétrir pendant quelques minutes.

2 Laisser la pâte gonfler dans un saladier recouvert d'un torchon, proche d'une source de chaleur. Elle doit doubler de volume ; compter environ 1 h 30.

3 Passé ce délai, dégazer en formant deux petits pains ronds. Les tremper rapidement dans l'eau, les déposer sur la plaquedu four puis parsemer des graines dessus (facultatif). Laisser gonfler à nouveau pendant 1 h.

4 Préchauffer le four à 200 °C, puis faire cuire les petits pains pendant environ 20 minutes.

5 Variante : on peut remplacer le yaourt et la margarine par 30 g de purée d'amandes, en doublant la quantité de lait.

COMMENT FAIRE

une mayonnaise vegan

MÊME LA CLASSIQUE MAYO – QUI L'EÛT CRU ? – PEUT SE PASSER D'ŒUF, GRÂCE À L'EAU DE CUISSON DES POIS CHICHES. UNE EXPÉRIENCE À TESTER, PUIS ON PEUT INVENTER DES VARIANTES AU CURRY, AUX CÂPRES OU AUX HERBES...

INGRÉDIENTS

- 40 G D'AQUAFABA (EAU D'UNE BOÎTE DE POIS CHICHES)
- 1 C. À S. DE MOUTARDE
- 1 C. À S. DE VINAIGRE DE CIDRE
- 150 G D'HUILE
- CURCUMA (POUR LA COULEUR UNIQUEMENT)
- SEL ET POIVRE

1 Mettre dans un bol l'aquafaba, la moutarde et le vinaigre. Mixer au mixeur plongeant.

2 Ajouter l'huile en filet, en plusieurs fois, sans cesser de mixer pour bien l'incorporer progressivement.

3 Quand le mélange atteint la consistance d'une mayonnaise, l'assaisonner et lui donner la teinte souhaitée par l'usage (facultatif) du curcuma.

Comment faire

des steaks vegan

Il y a vraiment plein de manières de concocter des galettes végétales : on peut les modeler sur une base de lentilles, de riz, de tofu, de pomme de terre ou d'azukis... Voici deux autres variantes pour débuter, puis place à l'impro !

POUR 2 GALETTES CAROTTE-POIS CHICHES

- 1 OIGNON
- 1 CAROTTE
- 100 G DE POIS CHICHES CUITS
- 1 C. À S. D'HUILE
- 1 C. À S. DE FARINE
- 6 AMANDES
- HERBES DE PROVENCE
- SEL ET POIVRE

1 Éplucher l'oignon et la carotte, les mettre dans le bol d'un mixeur et les réduire en petits morceaux.

2 Ajouter les pois chiches, l'huile, la farine, les amandes grossièrement concassées, les herbes, du sel et du poivre, et donner un tour de mixeur supplémentaire : on ne vise pas une bouillie homogène, mais une pâte grumeleuse qui se tient suffisamment pour modeler des steaks.

3 Former deux galettes et les faire cuire à la poêle de chaque côté.

POUR 2 GALETTES AVOINE-BANANE

- 1 OIGNON
- 2 PEAUX DE BANANE BIO
- 40 G DE FLOCONS D'AVOINE
- 1 C. À S. DE FARINE
- 3 CERNEAUX DE NOIX
- 2 GOUTTES DE LIQUID SMOKE (FACULTATIF)
- HUILE D'OLIVE
- SAUCE SOJA
- SEL ET POIVRE

1 Bien laver les peaux de banane, les couper en petits morceaux et les faire cuire pendant 15 minutes dans de l'eau bouillante. Les égoutter.

2 Faire revenir un oignon émincé dans un peu d'huile d'olive. Y ajouter les morceaux de banane et laisser cuire pendant quelques minutes.

3 Ajouter les noix concassées, le liquid smoke (il donne un petit goût fumé, comme si le steak était passé au barbecue), la farine, les flocons d'avoine, de la sauce soja, et ajuster l'assaisonnement avec du sel et du poivre.

4 Former deux galettes et les faire cuire à la poêle de chaque côté.

Comment faire

un burger vegan

· Une base d'assemblage ouverte à toutes les variantes créatives...

INGRÉDIENTS

- 1/2 OIGNON ROUGE
- CRUDITÉS
- GRAINES GERMÉES
- MAYONNAISE VEGAN
- 1 GALETTE VEGAN
- 1 PETIT PAIN

1 Faire griller l'oignon en rondelles et réchauffer la galette à la poêle, ainsi que les deux moitiés de petit pain au grille-pain, si souhaité.

2 Garnir le pain des ingrédients et les accommoder selon son goût.

Comment faire un brownie vegan et sans gluten

INGRÉDIENTS

- 200 G DE CHOCOLAT DE CUISSON
- 6 C. À S. DE LAIT VÉGÉTAL
- 2 C. À S. DE PURÉE DE NOISETTES
- 4 C. À S. DE SUCRE DE CANNE EN POUDRE
- 100 G DE TOFU SOYEUX
- 3 C. À S. DE FÉCULE DE MAÏS
- 100 G DE POUDRE D'AMANDES
- 1 C. À C. DE POUDRE À LEVER OU DE LEVURE CHIMIQUE
- 60 G DE CERNEAUX DE NOIX

1 Faire fondre le chocolat très doucement dans une casserole avec le lait végétal.

2 Hors du feu, y dissoudre le sucre et y faire fondre la purée de noisettes, puis incorporer le tofu soyeux, la poudre d'amandes, la fécule, la poudre à lever et les noix grossièrement concassées à la main.

3 Faire cuire au four préchauffé à 180°C pendant environ 30 minutes.

DU FAIT DE L'ABSENCE DE FARINE, LE BROWNIE, DANS CETTE VERSION, S'OUVRE FACILEMENT SOUS LES DOIGTS... MAIS C'EST JUSTEMENT TELLEMENT GOURMAND ! ON SE REND COMPTE QU'IL N'EST NUL BESOIN DE BEURRE POUR OBTENIR CE MOELLEUX NI CET ASPECT LUISANT DU CHOCOLAT QUI EXCITENT L'APPÉTIT.

Comment réussir

de la mousse au chocolat sans œufs

ÇA RESSEMBLE À UN TOUR DE MAGIE :
ON BAT L'EAU DE CUISSON D'UNE BOÎTE DE POIS CHICHES,
ET ÇA FAIT DE LA NEIGE. ÉPOUSTOUFLANT !

INGRÉDIENTS

- 1 PETITE BOÎTE DE POIS CHICHES (SEULEMENT POUR LE LIQUIDE) OU DE L'EAU DE CUISSON DE POIS CHICHES
- 100 G DE CHOCOLAT PÂTISSIER

+ FACULTATIF :

- DU SUCRE EN POUDRE
- DU GINGEMBRE OU DE LA CANNELLE EN POUDRE

1 Vider les pois chiches cuits dans une passoire en prenant soin de récupérer le liquide. C'est lui qui va remplacer les œufs pour faire de la mousse. Incroyable mais vrai ! D'ailleurs, si vous versez de l'eau dans la boîte de pois chiches pour les rincer, vous constaterez qu'elle mousse beaucoup... On peut aussi faire cuire soi-même des pois chiches secs et récupérer l'eau de cuisson (c'est long).

2 Peser ce liquide, qui s'appelle de l'« aquafaba ». On utilisera le même poids de liquide et de chocolat. Donc, pour une plaque de 100 g de chocolat, conserver 100 g d'aquafaba et la fouetter au batteur électrique. Elle va devenir presque aussi ferme que des blancs en neige.

3 Casser la tablette de chocolat encore emballée en la tapant sur la table, puis verser les morceaux dans un bol et les faire fondre au bain-marie dans une casserole d'eau chaude.

4 Mélanger dans un saladier un tiers de la neige de pois chiches avec le chocolat fondu. Bien tourner. Incorporer ensuite le reste de la neige délicatement à la spatule souple. Le résultat peut sembler un peu liquide. Confiance ! La magie va opérer au réfrigérateur.

5 Goûter et ajouter, si on le souhaite, du sucre et des épices.

6 Verser la mousse dans des ramequins et la faire prendre au réfrigérateur pendant 2 heures au moins (une nuit entière, c'est mieux pour la raffermir). Elle peut se conserver intacte pendant plusieurs jours, encore mieux que la mousse ordinaire.

COMMENT FAIRE

du sirop de pommes de pin

UN GOÛT INIMITABLE, ENTRE LE SIROP D'ÉRABLE ET LE BONBON DES VOSGES. MAGIQUE DE FACILITÉ : IL FAUT JUSTE DE LA PATIENCE.

INGRÉDIENTS

- DES POMMES DE PIN VERTES (EN BOURGEONS)
- DU SUCRE DE CANNE EN POUDRE

1 Cueillir chez soi (c'est réglementé) les bourgeons de pommes de pin vertes, au printemps. Attention, ça colle aux doigt ! (Se nettoyer avec un peu d'huile végétale…)

2 Alterner, dans un bocal, les pommes de pin et du sucre de canne, jusqu'à les recouvrir complètement. Mettre le bocal au frais.

3 Patienter pendant un mois : l'humidité des pommes de pin va gagner le sucre autour, lequel va fondre progressivement (c'est beau) jusqu'à former un sirop.

4 On retire les pommes, et c'est tout! Pas de cuisson. Délicieux dans une infusion, sur une crêpe, dans un yaourt… Le sirop se conserve au frais très longtemps.

Comment réaliser de la confiture d'écorces de citron

Si vous êtes adepte du rituel du jus de citron au petit déjeuner, voici une astuce anti-gaspi pour recycler les écorces, que vous aurez fait congeler jour après jour. Tirée de l'excellent blog de cuisine elisabethscotto.com. Merci Élisabeth !

INGRÉDIENTS

- 1 KG D'ÉCORCES DE CITRON BIO CONGELÉES
- 750 G DE SUCRE BLOND BIO
- 2 GOUSSES DE VANILLE

1 À chaque fois que l'on utilise un citron bio pour son jus, conserver l'écorce, la couper grossièrement en morceaux et la mettre au congélateur dans une boîte ou un sachet.

2 Quand on obtient 1 kg de ces écorces d'agrume, les laisser reposer 30 minutes en dehors du congélateur pour qu'elles ne soient pas trop dures.

3 Mixer ces écorces au robot, pas trop finement, afin qu'il reste des petits morceaux dans la confiture.

4 Mettre dans une grande sauteuse les écorces avec le sucre. Fendre et gratter les gousses de vanille dans la sauteuse, mélanger et laisser reposer jusqu'à ce que le sucre fonde avec les citrons qui achèvent de décongeler, soit pendant 1 heure environ.

5 Porter à ébullition et laisser bouillonner pendant 20 minutes environ.

6 Retirer du feu et laisser refroidir. (Cela prend plus de 1 heure.) Pendant ce temps, stériliser les bocaux en les trempant dans de l'eau bouillante pendant 10 minutes, puis en les laissant sécher sur un torchon propre. On aura besoin de 8 à 10 bocaux ordinaires.

7 Porter à nouveau la confiture à ébullition et laisser cuire pendant 5 minutes à gros bouillons.

8 Répartir la confiture dans les pots stérilisés, les fermer et les retourner.

Comment faire

des barres énergétiques crues

DES BARRES OU DES BOULETTES ÉNERGÉTIQUES QUI DONNENT UN COUP DE FOUET QUAND ON SENT UN COUP DE MOU. DOUBLE BÉNÉFICE ÉCOLOGIQUE : ON ÉVITE D'ACHETER DES GOÛTERS INDUSTRIELS ET DE CONSOMMER DE L'ÉNERGIE À CUIRE DES ALIMENTS, AU PROFIT D'INGRÉDIENTS QUI GAGNENT À ÊTRE CONSOMMÉS CRUS.

POUR 8 BOULES PRUNEAU-CAFÉ

- 8 PRUNEAUX DÉNOYAUTÉS
- 30 G DE NOISETTES DÉCORTIQUÉES
- 20 G DE SARRASIN VERT
- 2 C. À C. DE CAFÉ SOLUBLE OU (PLUS FORT, MAIS AMER) DE GUARANA EN POUDRE
- 1 C. À C. DE SIROP D'AGAVE

1 Mixer tous les ingrédients ensemble par à-coups, en conservant au mélange une consistance grumeleuse (le sarrasin est tendre à croquer, même cru).

2 Rouler des boulettes à la main. Les conserver quelques jours au frais.

POUR 10 BARRES AU CACAO CRU

- 4 C. À S. (30 G) DE CACAO CRU (EN POUDRE OU EN FÈVES)
- 40 G D'AMANDES (EN POUDRE OU ENTIÈRES)
- 50 G DE DATTES
- 1/2 BANANE
- 2 C. À S. DE GRAINES DE LIN
- 1 C. À S. DE GRAINES DE CHIA
- 1 C. À S. DE SUCRE COMPLET FIN
- BAIES DE GOJI

1 Si les dattes sont sèches, les faire ramollir dans de l'eau très chaude, puis les égoutter et les mixer.

2 Mixer au moulin café les graines de lin (elles ne sont assimilables que si elles ont été moulues ou trempées). Si le cacao est en fèves et les amandes entières, les moudre également.

3 Écraser la demi-banane à la fourchette dans un bol.

4 Ajouter dans le bol le cacao, les amandes, les dattes, les deux sortes de graines et le sucre. (Ajuster la dose de sucre selon son goût.)

5 Former une dizaine de barres en les roulant entre ses mains.

6 Incruster des baies de goji, puis conserver les barres au réfrigérateur afin qu'elles restent fermes.

POUR 4 BARRES CAROTTE-ABRICOT

- 1 CAROTTE BIO (80 G)
- 50 G D'ABRICOTS SECS
- 20 G DE FLOCONS D'AVOINE
- 20 G DE NOIX
- 1 C. À C. DE SIROP D'AGAVE
- 1/2 C. À C. D'ÉPICES À PAIN D'ÉPICE OU DE GINGEMBRE EN POUDRE

1 Mixer au robot la carotte avec les abricots, les flocons d'avoine, le sirop et les épices.

2 Choisir la consistance idéale pour les noix : soit les ajouter au mixeur, soit les piler à la main pour conserver des morceaux conséquents.

3 Séparer le mélange en quatre parts et rouler celles-ci dans du papier cuisson pour leur donner leur forme et faciliter le transport. Conserver au réfrigérateur.

POUR 12 BOULES COCO-CITRON

- 6 C. À S. DE NOIX DE COCO DÉSHYDRATÉE (+ POUR L'ENROBAGE)
- 3 C. À S. DE FLOCONS DE RIZ
- 3 C. À S. DE NOISETTES EN POUDRE
- 1 C. À C. DE GRAINES DE CHIA
- 1 C. À S. DE PURÉE D'AMANDES
- 4 DATTES
- 2 C. À C. D'HUILE DE COCO
- 1 C. À S. DE JUS DE CITRON

1 Si les dattes ne sont pas moelleuses, les tremper dans de l'eau très chaude pour les ramollir, puis les égoutter.

2 Mélanger tous les ingrédients au robot, jusqu'à obtenir une pâte à peu près homogène. Goûter, ajuster.

3 Former des boulettes et les rouler dans de la noix de coco.

4 Laisser reposer pendant 2 heures (les flocons de riz s'attendrissent) avant de déguster. Ces boules se conservent dans une boîte pendant quelques jours.

COMMENT FAIRE

des expériences de repousse

RETROUVEZ VOTRE ÂME D'ENFANT ! AU LIEU DE JETER AU COMPOST VOS LÉGUMES, ADMIREZ LA FORCE DE VIE QUI REPART DE CES BASES ET QUI NE DEMANDE QU'À S'ÉPANOUIR ENCORE ET ENCORE. ÉMERVEILLEMENT GARANTI !

MATÉRIEL

- DES LÉGUMES QUI REPOUSSENT TOUT SEULS : POIREAU, OIGNON, ÉCHALOTE, FENOUIL, CÉLERI, CAROTTE, BETTERAVE, DIVERSES VARIÉTÉS DE CHOU ET DE SALADE...
- UN RÉCIPIENT

1 Couper ces légumes au couteau en conservant 2 à 3 cm à la base.

2 Déposer ces bases dans un récipient et verser de l'eau sur 1 cm.

3 Attendre patiemment, plusieurs jours, en veillant à ce que le fond d'eau soit toujours maintenu. S'il fait chaud, il faut donc verser de l'eau plusieurs fois par jour. Les petites pousses vertes finiront par pointer puis grandir. Les légumes-racines développeront également des radicelles.

poireaux

fenouil

trévise

betterave

éleri

pakchoi

arotte

sucrine

PRODUITS D'ENTRETIEN & COSMÉTIQUES

COMMENT FAIRE
du détergent toutes surfaces

LE VINAIGRE BLANC EST LE PRODUIT SOUVERAIN POUR QUASIMENT TOUTES LES SURFACES DE LA MAISON. SON SEUL INCONVÉNIENT EST SON ODEUR, D'OÙ CETTE IDÉE D'Y FAIRE MARINER DES ÉCORCES D'AGRUMES. VOICI LA RECETTE DE BASE, PUIS UNE VARIANTE QUI ASSOCIE LE VINAIGRE AU NON MOINS RÉPUTÉ BICARBONATE DE SOUDE.

BASE PARFUMÉE

- VINAIGRE BLANC
- ÉCORCES D'AGRUMES

1 Prélever les écorces des agrumes (orange, citron, pamplemousse...) et les immerger dans une bouteille de vinaigre blanc.

2 Laisser infuser au moins 1 semaine, puis utiliser comme nettoyant multi-fonctions.

3 Coupé d'eau pour moitié, ce vinaigre parfumé peut également être utilisé pour se rincer les cheveux, auxquels il va donner de la brillance.

VARIANTE PLUS ÉLABORÉE

- 1 C. À S. DE BICARBONATE DE SOUDE
- 1 VERRE D'EAU CHAUDE
- 1 VERRE DE VINAIGRE BLANC
- 2 GOUTTES D'HUILE ESSENTIELLE DE CITRON

1 Dissoudre le bicarbonate de soude dans l'eau chaude, dans un pichet.

2 Ajouter délicatement le vinaigre ainsi que l'huile essentielle. Attention, ça mousse !

3 Quand l'effervescence s'est apaisée, verser le contenu dans un flacon vaporisateur.

4 Vaporiser sur toutes surfaces et essuyer avec un chiffon.

EN GUISE DE GEL DE JAVEL

- 5 C. À C. DE BICARBONATE DE SOUDE
- 5 C. À C. DE PERCARBONATE DE SOUDE
- 50 CL DE VINAIGRE BLANC
- 30 GOUTTES D'HUILE ESSENTIELLE DE TEA TREE
- 1 C. À S. DE GOMME XANTHANE

1 Mélanger le bicarbonate et le percarbonate dans un grand récipient (ça va beaucoup mousser).

2 Ajouter le vinaigre petit à petit, mélanger et attendre que la mousse retombe.

3 Incorporer l'huile essentielle et la gomme. Secouer et verser dans un flacon approprié.

Comment faire de la litière de récup avec du papier journal

VOICI COMMENT RÉALISER DE LA LITIÈRE QUASIMENT GRATUITE, À BASE DE PAPIER JOURNAL.
LE BICARBONATE DE SOUDE SERT À NEUTRALISER LES MAUVAISES ODEURS.

MATÉRIEL

- DU PAPIER JOURNAL
- DU BICARBONATE DE SOUDE
- DU LIQUIDE VAISSELLE
- DE LA TERRE DE SOMMIÈRES
(magasin bio ou grande surface)

1 Déchiqueter du papier journal en petits morceaux.

2 Le faire macérer dans une marmite d'eau chaude avec un peu de liquide vaisselle.

3 Vider l'eau et la renouveler, cette fois sans liquide vaisselle, pour rincer.

4 Essorer cette bouillie autant que possible, puis la mélanger avec du bicarbonate de soude.

5 L'égrener dans un plat et la laisser sécher au soleil pendant 2 jours.

6 Verser la litière dans un bac et la saupoudrer de terre de Sommières, qui à la fois absorbe les liquides et désodorise.

COMMENT FABRIQUER
de la lessive au lierre

IL PULLULE LE LONG DES MURS OU ASPHYXIE LE TRONC DES ARBRES DU JARDIN : LE LIERRE ENVAHISSANT QUE VOUS ARRACHEZ DE TEMPS EN TEMPS, POURQUOI NE PAS LE CONVERTIR EN LESSIVE ? IL CONTIENT DES SAPONINES QUI REMPLACENT LE SAVON.

INGRÉDIENTS

- 200 FEUILLES DE LIERRE GRIMPANT
- 3 L D'EAU
- DU VINAIGRE BLANC EN ADOUCISSANT

1 Froisser vigoureusement les feuilles de lierre fraîchement coupées. On peut aussi les hacher grossièrement au couteau.

2 Les mettre dans un faitout avec l'eau, porter à ébullition et maintenir le bouillon pendant 20 minutes.

3 Laisser infuser à couvert pendant 24 heures.

4 Malaxer le mélanger à la main, essorer les feuilles : ça mousse ! C'est bon signe, ça veut dire que la préparation est riche en saponine.

5 Filtrer et mettre en bidon. On l'utilisera en machine au minimum à 30 °C (température à partir de laquelle la saponine est efficace), et plutôt sur du linge foncé et modérément sale. Verser dans le bac à lessive 1 petit verre de lessive au lierre et ajouter un peu de vinaigre blanc dans le compartiment réservé à l'adoucissant.

COMMENT FAIRE
des lingettes de ménage

UN BOCAL À GARDER SOUS LA MAIN POUR PASSER UN PETIT COUP SUR LE PLAN DE TRAVAIL OU LA PLAQUE DE CUISSON. RIEN NE SE JETTE : NI LES LINGETTES NI LES JEANS ABÎMÉS...

MATÉRIEL

- UN VIEUX JEAN
- DU VINAIGRE BLANC
- 1 C. À S. DE BICARBONATE DE SOUDE
- DU ROMARIN
- UN GRAND BOCAL
- UNE PASSOIRE
- UN VAPORISATEUR

1 Verser du vinaigre blanc dans le bocal jusqu'à atteindre le quart, puis autant d'eau. Y mettre du romarin, faire chauffer puis laisser infuser jusqu'au lendemain (ou plus).

2 Découper dans un vieux jean des rectangles de tailles variables, entre 12 et 20 cm de côté.

3 Retirer le romarin du bocal et ajouter le bicarbonate. Mélanger. Plonger les coupons de jean dans le bocal sans les plier, jusqu'à remplir celui-ci. L'agiter pour bien imprégner le tissu.

4 Retourner le bocal dans une passoire posée sur un récipient et laisser s'égoutter afin que les lingettes soient bien humidifiées, mais pas détrempées.

5 Verser le liquide obtenu dans un vaporisateur : voilà un produit nettoyant pour toutes les surfaces. Conserver les lingettes dans le bocal fermé. Les passer à la machine après usage.

Comment fabriquer du savon de ménage qui récure et détache

MATÉRIEL

- 300 G D'HUILE DE COCO
- 200 G D'HUILE DE LIN
- [78 G DE SOUDE CAUSTIQUE (NaOH)
- 180 G D'EAU GLACÉE] ou [260 G DE LESSIVE DE SOUDE À 30 % DE CONCENTRATION]
- 25 G DE CENDRE
- 15 G DE TERRE DE SOMMIÈRES
- 15 G D'HUILE ESSENTIELLE DE LAVANDE
- DES GANTS ET DES LUNETTES DE PROTECTION
- UN MIXEUR PLONGEANT
- DES MOULES EN SILICONE
- DU VINAIGRE POUR NETTOYER

1 Faire fondre l'huile de coco. La mélanger avec l'huile de lin dans un récipient en verre.

2 S'équiper de gants et de lunettes de protection, et verser lentement la soude caustique dans l'eau glacée (si on utilise de la soude).

3 Verser la soude + l'eau ou la lessive de soude dans le mélange d'huiles (jamais l'inverse). Ça chauffe, c'est normal.

4 Mixer au mixeur plongeant jusqu'à voir apparaître ce qu'on appelle la trace (l'empreinte que laisse à la surface le mixeur, quand on le retire, après l'avoir éteint).

5 Ajouter la cendre tamisée, la terre de Sommières et les huiles essentielles choisies. Mixer à nouveau.

6 Verser dans des moules individuels en silicone.

7 Laver les ustensiles au vinaigre.

8 Démouler les savons dès qu'ils sont secs, mais attention ! les laisser faire une cure obligatoire de trois semaines sur une clayette avant de les utiliser.

Astuce moins technique : faire fondre des restes de savonnettes, y incorporer de la terre de Sommières (détachant) et du marc de café (à usage de gommage), bien agglomérer et laisser sécher.

COMMENT FABRIQUER

un diffuseur d'huiles essentielles

UN BRÛLE-PARFUM À RÉALISER EN CINQ MINUTES AVEC UNE CANETTE SAUVÉE DE LA POUBELLE.

MATÉRIEL

- UNE PETITE CANETTE VIDE
- UN CUTTER DE PRÉCISION
- UN MARQUEUR (FACULTATIF)
- UNE BOUGIE CHAUFFE-PLAT
- DES HUILES ESSENTIELLES AU CHOIX

1 Retourner la canette et découper une ouverture à la base, à l'aide du cutter de précision, de façon à pouvoir faire entrer une bougie chauffe-plat.

2 La décorer éventuellement avec le marqueur indélébile.

3 Verser un peu d'eau dans le petit creux supérieur, ajouter quelques gouttes d'huile essentielle et allumer la bougie.

4 Attention ! La canette va vite devenir chaude. Si vous devez la déplacer, prenez-la plutôt par la base que vers le haut, qui est encore plus chaud. Et veillez à ce qu'il reste toujours de l'eau dans la coupelle.

Comment confectionner des grattounettes en filets à légumes

LES PETITS FILETS À LÉGUMES, ENCORE DU PLASTIQUE DONT ON SE PASSERAIT BIEN ! MAIS, PUISQU'ILS EXISTENT, AUTANT LES RECYCLER EN ÉPONGES LÉGÈREMENT GRATTANTES ET DOUCES.

MATÉRIEL

- DES PETITS FILETS À LÉGUMES EN PLASTIQUE
- DES CISEAUX
- DES ÉPINGLES OU DES PETITES PINCES
- UNE MACHINE À COUDRE

1 Découper les filets de façon à supprimer les extrémités et à conserver une forme de manchon.

2 Replier les extrémités (qui s'effilochent) vers l'intérieur du manchon, puis plier l'ensemble sur lui-même, éventuellement plusieurs fois, selon la taille du filet, jusqu'à obtenir un carré de la dimension souhaitée.

3 On peut aussi glisser au cœur de ce millefeuille deux carrés de filet plus rigide, par exemple à pommes de terre.

4 Maintenir cet assemblage à l'aide d'épingles ou de petites pinces, puis coudre le pourtour à la machine à 0,5 cm du bord. Coudre ensuite les bords en zigzag pour éviter l'effilochage.

Comment fabriquer des serviettes hygiéniques avec un vieux parapluie

POUR LUTTER CONTRE LA CALAMITÉ QUE SONT POUR LA PLANÈTE DES SERVIETTES HYGIÉNIQUES JETABLES (PLUS DE 10 000 DANS LA VIE D'UNE FEMME !), L'UNE DES OPTIONS EST DE SE FABRIQUER DES SERVIETTES LAVABLES. PARMI LES AUTRES, IL Y A LES CUPS EN SILICONE. ET PUIS ÇA VAUT LA PEINE DE S'INTÉRESSER AU F.I.L., LE FLUX INSTINCTIF LIBRE : UNE FAÇON DE SE FAIRE CONFIANCE PLUTÔT QUE DE METTRE CE QU'ON APPELLE DES « PROTECTIONS » FÉMININES.

MATÉRIEL

- DU TISSU EN COTON DOUX
- DU TISSU-ÉPONGE ABSORBANT
- UN VIEUX PARAPLUIE (OU AUTRE TISSU IMPERMÉABLE)
- DES BOUTONS-PRESSION ET LA PINCE APPROPRIÉE
- UNE MACHINE À COUDRE

1 Découper les trois sortes de tissu en suivant les patrons ci-contre. On trouve en magasin bio du tissu absorbant vendu pour mettre dans les couches des bébés. Pour ce qui est du tissu imperméable, l'astuce consiste à utiliser un vieux parapluie, mais on peut aussi acheter du tissu *ad hoc* (qui s'appelle « PUL »).

2 Positionner l'éponge (b) sur l'envers du tissu coton (a). Mettre dessus la bande de tissu parapluie (c), côté imperméable contre l'éponge, et la coudre au ras de l'éponge. Couper les arrondis. En cas de flux important, on peut superposer plusieurs tissus-éponges.

3 Positionner endroit contre endroit le lot (a-b-c) que l'on vient de coudre et l'autre partie imperméable (d). Veiller à ne pas mettre d'épingles qui endommageraient l'imperméabilité.

4 Coudre tout autour, à l'exception de quelques centimètres, et retourner l'ensemble à l'aide d'une baguette chinoise ou d'un crayon. Surpiquer au plus près du bord.

5 Mettre des boutons-pression à l'aide d'une pince adéquate. On peut aussi coudre un petit morceau de Velcro.

6 Avec un parapluie, on peut faire huit serviettes hygiéniques et même une pochette de transport imperméable, en utilisant la pointe.

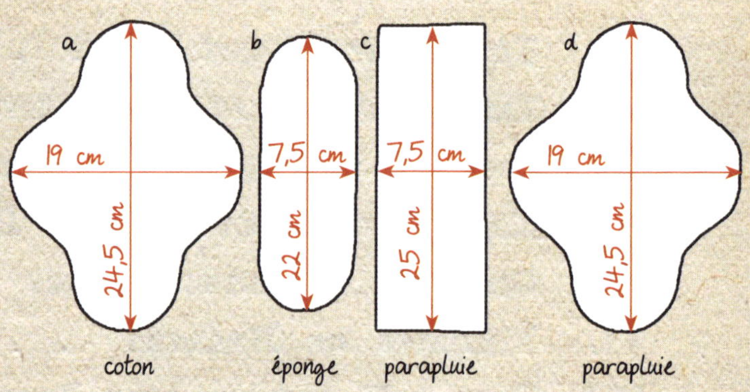

COMMENT FAIRE du déodorant express

À PEINE UNE RECETTE, PLUTÔT UNE ASTUCE, QUI EST PLUS EFFICACE QUE LA PLUPART DES DÉODORANTS ÉLABORÉS, ET SANS TOUS LES ADDITIFS DANGEREUX POUR LA SANTÉ.
TESTEZ SI VOTRE PEAU LE PERMET ; CERTAINES RÉAGISSENT PAR DES PICOTEMENTS. DANS CE CAS, IL FAUDRA TROUVER UNE FORMULE PLUS DOUCE, MAIS LA BASE DE L'EFFET ANTIBACTÉRIEN ET DONC ANTI-ODEUR SOUHAITÉ RESTE DANS L'USAGE DU BICARBONATE.

MATÉRIEL

- DU BICARBONATE DE SOUDE
- UN PETIT RÉCIPIENT

FACULTATIF :

- DE L'HUILE DE COCO
- UNE HUILE ESSENTIELLE AU CHOIX

1 Choisir du bicarbonate de soude le plus fin possible, c'est-à-dire vendu à usage alimentaire plutôt que pour le ménage (afin que ce soit plus doux sur la peau).

2 En mettre dans un petit récipient à disposition dans la salle de bains.

3 Facultatif : on peut verser une goutte d'huile essentielle de son choix et mélanger, afin de le parfumer. Si l'on choisit par exemple du tea-tree, on renforce l'action antibactérienne.

4 Après la toilette, quand la peau des aisselles est encore humide, humecter un doigt, le tremper dans le bicarbonate et déposer un peu de poudre sur les aisselles. C'est tout !

5 Si le bicarbonate seul vous semble abrasif, on peut ajouter un peu d'huile de coco.

Comment expérimenter des shampoings

miel et vodka

MIEL ET VODKA

Mélanger 2 c. à s. de miel, 2 c. à s. de vodka et 1 c. à c. de vinaigre blanc.

LEVURE CHIMIQUE

Un sachet dilué dans un fond de verre d'eau, tout simplement. Très pratique à emporter en voyage !

BICARBONATE

Aussi simple que la levure. On peut aussi le diluer dans une infusion de menthe et de romarin.

ARGILE BLANCHE OU RHASSOUL

Mélanger 2 c. à s. avec un peu d'eau pour former une pâte. Très efficace sur les cheveux gras.

FARINE DE POIS CHICHE

Aussi efficace que l'argile. Bien rincer pour éviter les traces.

ŒUF-CITRON

Casser 2 œufs dans un bocal avec 1 c. à s. de vinaigre blanc, le jus de 1 citron et un peu de cannelle en poudre (sauf en cas de cuir chevelu irrité). Secouer pour mélanger. Lavant et nourrissant.

J'AI TESTÉ POUR VOUS

LE SHAMPOING SEC

Mélanger 1 c. à s. d'argile en poudre, 1 c. à s. de fécule de maïs et 1 c. à s. de cacao (pour se rapprocher de la teinte des cheveux châtains). Répartir la poudre, masser, puis brosser pour l'éliminer.

Résultat : c'est vrai que les cheveux ne sont plus gras, mais un peu secs et blanchis. Pas mal pour sauver la mise à la dernière minute, mais à alterner avec de vrais shampoings nourrissants, à mon avis.

argile et fécule de maïs

Point de départ : cheveux gras

Une poignée de shampoing sec

Après brossage

levure chimique

bicarbonate de soude

argile blanche ou rhassoul

farine de pois chiche

œuf et citron

Comment confectionner une couche lavable

MATÉRIEL

- 50 X 40 CM DE TISSU EN COTON POUR L'EXTÉRIEUR
- 50 X 40 CM DE TISSU MICRO-POLAIRE
- 50 X 40 CM DE TISSU IMPERMÉABLE (PUL)
- 28 X 36 DE TISSU ÉPONGE POUR UNE GARNITURE DE 3 ÉPAISSEURS
- DU VELCRO
- 26 CM D'ÉLASTIQUE
- DE FIL, DES PINCES DE COUTURE, UNE MACHINE À COUDRE
- DE QUOI RÉALISER UN PATRON

UN VRAI ENGAGEMENT ÉCOLOGIQUE, LA COUCHE LAVABLE. MAIS QUI COÛTE UN CERTAIN PRIX À L'ACHAT, D'OÙ L'INTÉRÊT D'APPRENDRE À LA FAIRE SOI-MÊME. UN PROJET COUTURE QUI NÉCESSITE UNE CERTAINE DEXTÉRITÉ, TOUTEFOIS.

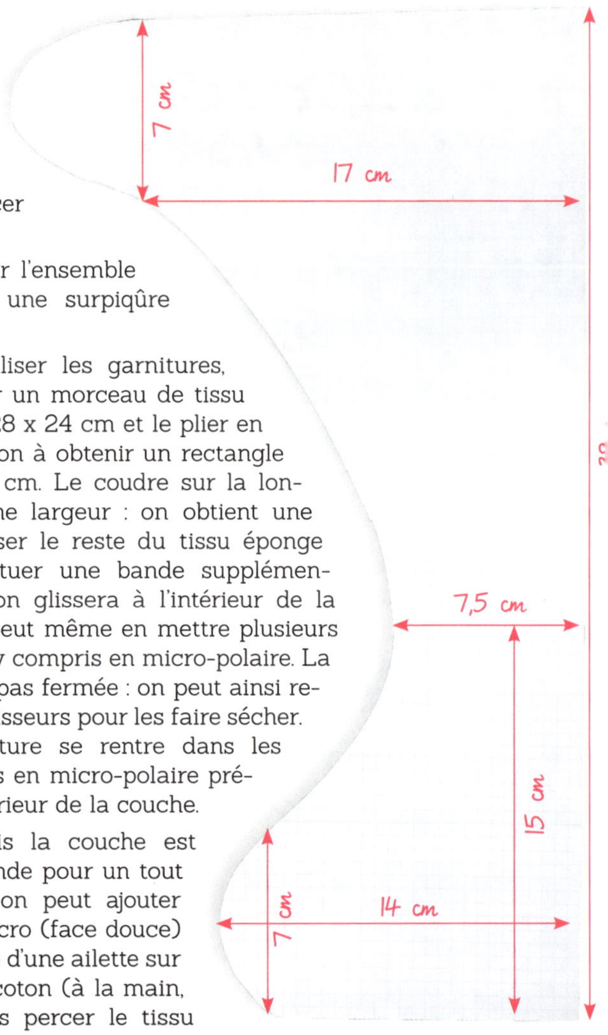

1 Reproduire le patron sur les trois sortes de tissu et les découper en ajoutant 1 cm tout autour. (Éviter de perforer le tissu imperméable avec des épingles.)

2 Coudre un gros Velcro de 15,5 x 5 cm (face douce) sur le haut de la face avant du tissu en coton, à 3,5 cm du bord supérieur. Coudre également deux petits morceaux de Velcro de 5 x 3 cm (face accrochante) sur les ailettes arrière de la micro-polaire.

3 Découper dans les chutes de polaire deux rectangles de 10 x 13 cm pour faire les poches. Les coudre au point zigzag en haut et en bas de la micro-polaire, centrées (voir photos).

4 Étaler le tissu imperméable à l'endroit, puis, par dessus, le tissu polaire à l'endroit aussi (poches visibles), et enfin le tissu en coton, mais à l'envers. Les faire tenir ensemble de préférence avec des petites pinces ou, si on utilise des épingles, les piquer au ras du bord. Coudre tout autour à 0,5 cm du bord, en ménageant une ouverture de 10 cm pour permettre plus tard de retourner l'ensemble.

5 Fixer les 2 élastiques (de 13 cm chacun) par quelques points dans les arrondis latéraux de la couche, à 10 cm de la pointe des ailettes environ. Phase délicate : coudre les élastiques au point zigzag tout du long de l'arrondi en tirant le plus possible dessus. Quand on a terminé, il fait froncer le tissu.

6 Retourner l'ensemble et faire une surpiqûre tout autour.

7 Pour réaliser les garnitures, découper un morceau de tissu éponge de 28 x 24 cm et le plier en deux de façon à obtenir un rectangle de 28 x 12 cm. Le coudre sur la longueur et une largeur : on obtient une poche. Utiliser le reste du tissu éponge pour constituer une bande supplémentaire que l'on glissera à l'intérieur de la poche. On peut même en mettre plusieurs épaisseurs, y compris en micro-polaire. La poche n'est pas fermée : on peut ainsi retirer les épaisseurs pour les faire sécher. Cette garniture se rentre dans les deux poches en micro-polaire prévues à l'intérieur de la couche.

8 Si jamais la couche est trop grande pour un tout petit bébé, on peut ajouter un petit Velcro (face douce) à l'extrémité d'une ailette sur le tissu en coton (à la main, pour ne pas percer le tissu imperméable) afin de serrer davantage la taille.

OBJETS DU QUOTIDIEN

COMMENT FAIRE

un bee wrap

de la toile cirée maison

L'EMBALLAGE ÉCOLOGIQUE QUI A LE VENT EN POUPE : RÉUTILISABLE, IL ÉVITE L'USAGE DE FILM ALIMENTAIRE OU DE PAPIER D'ALUMINIUM. IL S'AGIT DE TOILE CIRÉE AU SENS LITTÉRAL : UN BOUT DE TISSU IMPRÉGNÉ DE CIRE, RENDU AINSI IMPERMÉABLE ET LAVABLE.

LA MÉTHODE CLASSIQUE

Le bee wrap tire son nom des abeilles (bees) : quand on le réalise dans les règles de l'art, on parsème le tissu de petites pastilles de cire d'abeille, puis on le passe au four.

Mon avis après avoir testé : j'ai trouvé que ça marchait moins bien. Il est difficile de bien répartir la cire partout sans en mettre trop, et puis ça jaunit fortement le tissu. Le fond de bougie frotté me semble plus efficace et incolore. J'ai tout simplement pris une demi-bougie chauffe-plat.

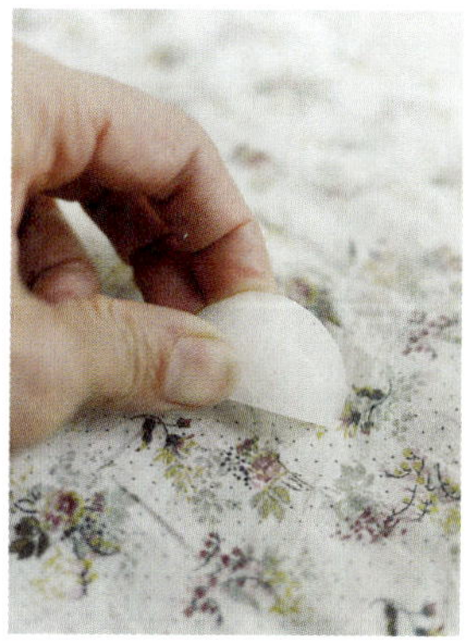

MATÉRIEL

- UN COUPON DE TISSU DE COTON LÉGER (UNE CHEMISETTE TROP PETITE OU ABÎMÉE, PAR EXEMPLE)
- UN RESTE DE BOUGIE
- UN SÈCHE-CHEVEUX

1 Frotter intensément le morceau de bougie sur le coupon de tissu, recto verso, pour l'enduire de cire.

2 Poser le tissu sur un fond facile à nettoyer et passer le sèche-cheveux à quelques centimètres du tissu afin de faire fondre la cire. Au besoin, replier le tissu sur lui-même et renouveler l'opération de fonte, afin que la cire soit bien répartie partout, y compris sur les bords.

3 Dès que la cire a séché, la toile est utilisable. On peut protéger son goûter : la matière est juste assez rigide et collante pour que l'emballage tienne fermé facilement. Ensuite, il suffit de passer un coup d'éponge pour la nettoyer.

TEST D'IMPERMÉABILITÉ

Comment fabriquer un couvercle alimentaire

QUOI DE PLUS PRATIQUE POUR PRÉSERVER LES RESTES DE NOURRITURE QU'UNE CHARLOTTE DE TISSU LAVABLE PLUTÔT QU'UN COUVERCLE EN PLASTIQUE OU EN FILM ALIMENTAIRE ? LA TOILE CIRÉE EST RÉALISÉE SELON LA TECHNIQUE EXPLIQUÉE P. 54 ET L'ÉLASTIQUE DE LA CHARLOTTE EST ASSURÉ PAR LA CEINTURE D'UN COLLANT FILÉ. UNE ASTUCE À PAS CHER POUR COUTURIÈRE DÉBUTANTE.

MATÉRIEL

- DE LA TOILE CIRÉE (VOIR P. 54)
- UN VIEUX COLLANT FIN
- DU FIL ET UNE AIGUILLE

1 Retourner le saladier que l'on souhaite recouvrir sur le tissu. Découper un cercle du diamètre du saladier augmenté d'un bord de 3 cm tout autour.

2 Procéder comme indiqué p. 54 pour faire de la toile cirée : frotter une bougie sur le tissu et faire fondre la cire au sèche-cheveux.

3 Découper une bande de 2 cm dans la ceinture du collant. En ceindre le saladier au niveau du bord du couvercle de toile cirée.

4 Épingler puis coudre ce bandeau élastique sur la toile cirée.

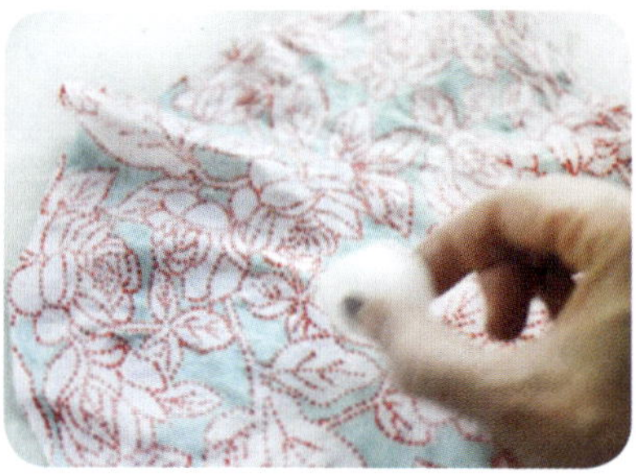

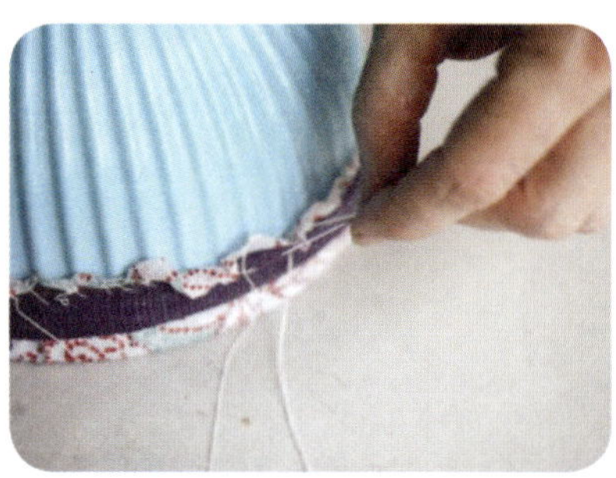

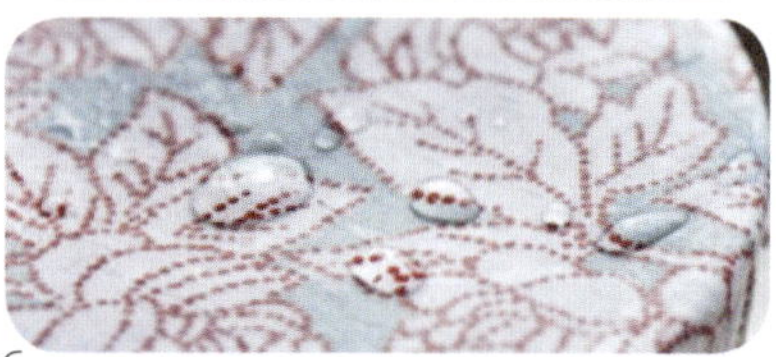

COMMENT FABRIQUER
une marmite norvégienne

IL NE S'AGIT PAS D'UN OBJET PARTICULIER, MAIS PLUTÔT D'UN PROCÉDÉ DE CUISSON LENTE QUI PEUT VOUS CHANGER LA VIE. IL CONSISTE TOUT SIMPLEMENT À RÉDUIRE LE TEMPS DE CUISSON SUR LE FEU DES PLATS MIJOTÉS (CURRY, RATATOUILLE, SOUPE ET AUTRES FRICHTIS CUITS À L'EAU) ET À LAISSER LA CUISSON SE POURSUIVRE PASSIVEMENT DANS UN MATÉRIAU ISOLANT, QUI PEUT ÊTRE UNE SIMPLE COUVERTURE. UN PLAT CUISINÉ LE MATIN SERA ENCORE TIÈDE POUR LE DÎNER !

MATÉRIEL

- UNE COCOTTE
- UN COUVERCLE
- UNE COUVERTURE EN LAINE
- UN PANIER, UNE GLACIÈRE OU UNE CAISSE EN CARTON

1 Garnir avec la couverture le panier, la glacière ou le carton.

2 Cuisiner dans la cocotte le plat mijoté choisi. Le maintenir à ébullition pendant quelques minutes (voir encadré).

3 Placer la cocotte avec son couvercle dans la couverture et rabattre celle-ci pour que la cocotte soit bien enveloppée de toutes parts.

4 Laisser la cuisson se poursuivre doucement mais sûrement. Déballer au moment de servir.

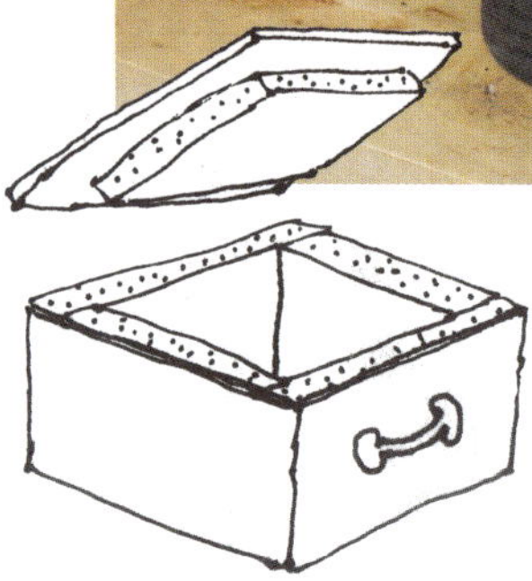

VERSION PRO

Consacrer un tiroir de la cuisine à ce procédé, en l'équipant sur toutes ses faces, couvercle compris, d'un isolant épais (qui peut être constitué de multiples couches de carton épais).

COMMENT FABRIQUER un éco-mijoteur

SUR CE MÊME PRINCIPE DE MARMITE NORVÉGIENNE, UNE VERSION PLUS ABOUTIE DE L'OBJET, POUR LES AMATEURS DE COUTURE. CE MODE DE CUISSON ÉCOLOGIQUE PERMET D'ÉCONOMISER 70 % DE L'ÉNERGIE DESTINÉE À CUIRE, SANS COMPTER CELLE QUI AURAIT SERVI À RÉCHAUFFER LE PLAT, SI ON CONSIDÈRE COMME UN BÉNÉFICE LA POSSIBILITÉ DE CUISINER À L'AVANCE.

MATÉRIEL

- 2 DISQUES DE TISSU DE 1 M DE DIAMÈTRE
- 2 DISQUES DE TISSU DE 30 CM DE DIAMÈTRE
- DU MOLLETON OU UNE AUTRE GARNITURE ISOLANTE
- UNE CORDELETTE
- DES ÉPINGLES ET UNE GROSSE ÉPINGLE DE NOURRICE
- UNE CRAIE DE COUTURE
- UNE MACHINE À COUDRE

1 Poser les deux grands disques envers contre envers, tracer un cercle de 30 cm au milieu, épingler les tissus et les coudre ensemble sur ce tracé, en laissant de quoi passer une main.

2 Garnir ce fond avec du molleton de façon très dense et régulière (ce sera le socle du faitout, qui doit être stable), puis terminer la couture.

3 Tracer 8 rayons partant de ce cercle et les coudre en s'arrêtant à 3,5 cm du bord.

4 Remplir ces compartiments avec du molleton.

5 Épingler le pourtour des deux grands disques de façon à pouvoir les coudre ensemble à 3,5 cm du bord.

6 Replier de 1 cm vers l'intérieur chacun des deux tissus, les épingler ensemble (c'est la partie minutieuse du projet), puis les coudre en surpiqûre à 0,5 cm du bord extérieur (sauf les 3 derniers centimètres pour pouvoir passer la cordelette).

7 Piquer l'épingle de nourrice à l'extrémité de la cordelette et s'en aider pour la faire passer dans cet ourlet. On peut choisir de la garder longue ainsi (compter alors 3,3 m de cordelette) pour pouvoir ouvrir la corolle complètement, comme sur la photo, mais la cordelette peut être embarrassante une fois le mijoteur refermé. On peut aussi la couper plus courte, en position semi-fermée.

8 Pour faire le couvercle, coudre les deux petits disques de tissu endroit contre endroit en gardant une ouverture. Retourner, remplir de molleton et terminer la couture.

LES TEMPS DE CUISSON À LA MARMITE NORVÉGIENNE

Temps d'ébullition sur le feu : 1 minute pour les légumes émincés, de 5 à 10 minutes pour les légumes entiers, de 15 à 30 minutes pour les céréales et les légumineuses, puis mettre dans la marmite norvégienne (couverture ou éco-mijoteur) et compter environ le double du temps de cuisson classique – mais on peut laisser les plats beaucoup plus longtemps, surtout si on cuisine végétarien.

Soupe : 8 minutes d'ébullition + 30 minutes dans l'éco-mijoteur.
Légumes vapeur : dans une marguerite posée sur un fond d'eau, 3 minutes d'ébullition + 15 minutes dans l'éco-mijoteur.
Céréales complètes : 10 minutes d'ébullition + 1 heure dans l'éco-mijoteur.
Légumineuses : 1 nuit de trempage + 20 minutes d'ébullition + 1 heure dans l'éco-mijoteur.
Curry, ratatouille, couscous végétarien : 15 minutes d'ébullition + 2 heures (ou plus) dans l'éco-mijoteur.

COMMENT FABRIQUER

un « frigo du désert »

LES RÉFRIGÉRATEURS FONT PARTIE DES ÉQUIPEMENTS QUI CONSOMMENT DE L'ÉLECTRICITÉ EN CONTINU. DANS CERTAINES CONDITIONS, ON PEUT CHOISIR DE S'EN PASSER ET SE CONTENTER DE MAINTENIR LA NOURRITURE À UNE TEMPÉRATURE MODÉRÉE. CE DISPOSITIF A FAIT DES MERVEILLES EN AFRIQUE, DANS DES ZONES NON ALIMENTÉES PAR L'ÉLECTRICITÉ.
EN ANGLAIS, ON L'APPELLE « *ZEER POT* », TRADUIT EN FRANÇAIS PAR « FRIGO DU DÉSERT ».
ON PEUT TROUVER DES INFORMATIONS SUR LE NET EN TAPANT CES MOTS.

MATÉRIEL

- UN TRÈS GRAND POT EN TERRE CUITE
  par ex. 40 cm de diamètre
- UN POT EN TERRE CUITE PLUS PETIT
  par ex. 25 cm de diamètre
- DU SABLE
- UN TORCHON
- DE L'EAU
- DES BOUCHONS POUR LES TROUS DES POTS

1 Combler les trous au fond des pots (par exemple en y insérant un gros bouchon de liège taillé à la bonne dimension).

2 Verser du sable au fond du grand pot, suffisamment pour que le petit pot, une fois posé dedans, arrive à la même hauteur que le grand.

3 Remplir l'interstice entre les deux pots avec du sable, jusqu'en haut.

4 Saturer le sable avec de l'eau et veiller à ce qu'il reste imbibé.

5 Entreposer les ingrédients à rafraîchir dans le petit pot et recouvrir l'ensemble d'un linge humide. Idéalement, le placer à l'abri du soleil et dans un courant d'air. Par forte chaleur, et pour un taux d'humidité relative de 50 %, on obtient une température inférieure de 10° environ à la température ambiante, ce qui est très appréciable pour la conservation des légumes.

Comment coudre des petits sacs à courses en vrac

PRIVILÉGIER LE CONDITIONNEMENT EN VRAC, C'EST LIMITER LES EMBALLAGES, ET NOTAMMENT LES SACS EN PLASTIQUE, QUI DÉFIGURENT LA PLANÈTE AU POINT DE FORMER UN «SEPTIÈME CONTINENT» DE DÉCHETS FLOTTANTS QUI ASPHYXIE LA FAUNE ET LA FLORE.

MATÉRIEL POUR 1 SAC DE 20 X 22 CM

- 1 MORCEAU DE TISSU DE 43 X 23 CM
- DE LA FICELLE FINE
- DES ÉPINGLES ET UNE ÉPINGLE DE NOURRICE
- DU FIL ET UNE AIGUILLE OU UNE MACHINE À COUDRE

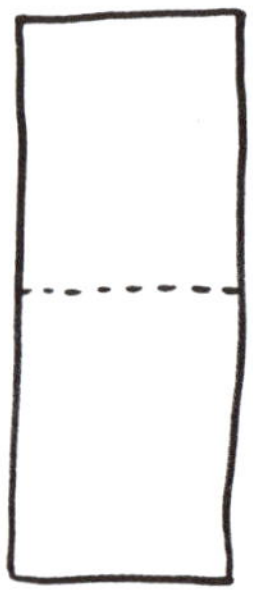

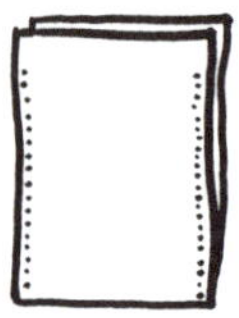

1 Plier le tissu en deux, endroit contre endroit, l'épingler et coudre les deux longueurs à 0,5 cm du bord, en s'arrêtant à 2,5 cm de l'ouverture.

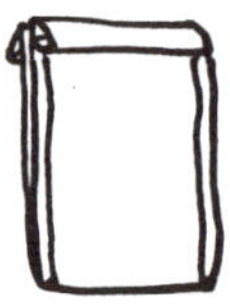

2 Retourner la partie laissée libre de façon à former un ourlet de 1 cm, avec 0,5 cm replié à l'intérieur. Épingler, puis coudre en surpiqûre.

3 Retourner le sac pour le mettre à l'endroit et faire passer deux morceaux de ficelle dans les ourlets en s'aidant d'une épingle de nourrice. Nouer l'une des boucles à droite et l'autre à gauche. Pour serrer le sac, on tirera les deux boucles à la fois (c'est plus facile à manipuler et à bien serrer).

4 Pour que le sac tienne mieux debout une fois rempli, on peut coudre des triangles aux angles du fond (sur l'envers), puis les couper.

Comment confectionner un cabas à compartiments

IDÉAL POUR ALLER FAIRE LE MARCHÉ SANS DEMANDER DE SAC POUR CHAQUE LÉGUME ET SANS QU'ILS SE MÉLANGENT TOUS POUR AUTANT.

MATÉRIEL

- UNE MACHINE À COUDRE

Pour le pourtour :

- UN TISSU SOLIDE DE 142 X 40 CM
- UNE DOUBLURE DE 142 X 35 CM

Pour les poches intérieures :

- UN TISSU DE 150 X 27 CM
- UNE DOUBLURE DE 150 X 27 CM

Pour le fond :

- UN TISSU SOLIDE DE 42 X 32 CM
- UNE DOUBLURE DE 42 X 32 CM

Pour les poignées :

- DEUX MORCEAUX DE TISSU SOLIDE DE 50 X 20 CM

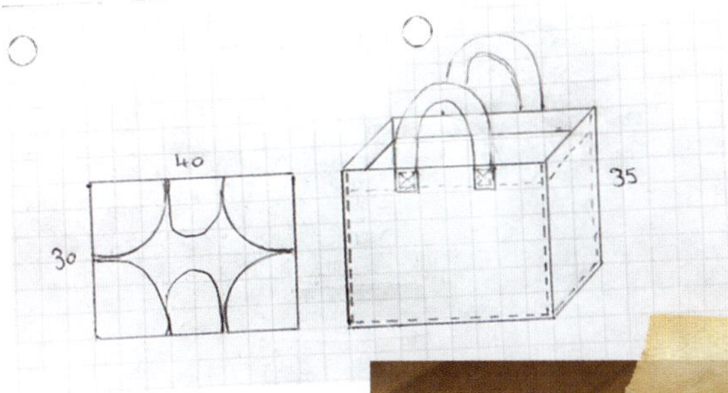

1 Si on choisit de mettre une doublure, l'assembler au tissu extérieur de façon que celui-ci dépasse de 5 cm pour le revers. Faire de même avec le fond.

2 Coudre ensemble les deux largeurs de la bande, puis coudre cette bande au fond du sac.

3 Pour réaliser les poches intérieures, coudre ensemble, endroit contre endroit, le tissu et la doublure sur une longueur uniquement.

4 Déplier pour obtenir un tissu de 150 x 54 cm. Coudre ensemble les 2 largeurs pour former un grand anneau.

5 Replier cet anneau au milieu. La longueur déjà cousue sera en haut du cabas. Pour finir la longueur du bas, faire un ourlet intérieur et surpiquer.

6 Surpiquer les quatre arêtes du sac et le fond à environ 8 mm du bord, pour le renforcer.

7 Faire un ourlet de 4 cm (+ 1 cm replié à l'intérieur) en haut du sac.

8 Coudre la bande intérieure comme sur le schéma à environ 14 cm des angles. La maintenir au fond avec quelques points cousus à la main pour éviter que les légumes ne s'échappent par le fond.

9 Pour les sangles, plier le tissu en deux dans le sens de la longueur, puis retourner et surpiquer. Les coudre à 10 cm des angles en repliant 2 cm en dessous. Faire plusieurs passages pour la solidité : un carré et un X à l'intérieur.

COMMENT FABRIQUER une bougie éternelle

UNE ASTUCE DÉCOUVERTE AU COURS D'UN SALON SUR LES MODES DE VIE ALTERNATIFS : COMMENT FABRIQUER EN RÉCUP' UNE LAMPE À HUILE AVEC UN MORCEAU DE BOUTEILLE. FACILE ET IMPRESSIONNANT !

MATÉRIEL

- UNE PETITE BOUTEILLE EN PLASTIQUE
- UNE FEUILLE DE PAPIER TOILETTE
- UN RÉCIPIENT (DE PRÉFÉRENCE TRANSPARENT)
- DE L'EAU
- DE L'HUILE VÉGÉTALE (DE CUISINE)
- UNE PERCEUSE AVEC UNE MÈCHE TRÈS FINE
- UN CUTTER ET DES CISEAUX
- DES ALLUMETTES OU UN BRIQUET

1 Découper le fond de la bouteille de façon à obtenir une fleur quasi plate.

2 Percer le centre de cette fleur à l'aide d'une perceuse équipée d'une mèche très fine (2 mm de diamètre environ).

3 Découper le quart d'une feuille de papier toilette et le rouler aussi serré que possible afin de fabriquer une mèche. L'enfiler dans le trou et la laisser dépasser de 1,5 cm au-dessus (côté creux) et de 0,5 cm en dessous (côté bombé). Couper l'excédent de mèche.

4 Verser de l'eau dans le récipient, puis de l'huile, qui va former une nappe flottant à la surface.

5 Déposer la fleur sur l'huile. Celle-ci va couler dans les rainures et imbiber la mèche. L'allumer. La bougie fonctionnera tant qu'il restera de l'huile. On peut en verser à nouveau, sans fin, sans même changer la mèche !

COMMENT FABRIQUER

une carte postale en papier à faire germer

UNE JOLIE EXPÉRIENCE POUR METTRE DU VERT DANS LA MAISON : FABRIQUER SOI-MÊME SON PAPIER RECYCLÉ ET Y INCORPORER DES GRAINES. LE DESTINATAIRE N'AURA PLUS QU'À ARROSER LA CARTE AINSI RÉALISÉE, ET ELLE POUSSERA !

MATÉRIEL

- UN JOURNAL
- UNE BASSINE
- DES GRAINES À FAIRE GERMER (*en magasin bio*)
- UN TAMIS FIN (*comme un couvercle anti-éclaboussures*)
- UN ROBOT MIXEUR
- UN TORCHON
- UNE ENVELOPPE
- DES CISEAUX

1 Déchiqueter les feuilles de papier journal et les faire tremper dans une bassine d'eau pendant une demi-journée (ou plus).

2 Les passer au mixeur pour les réduire en bouillie.

3 Ajouter les graines, en mélangeant à la main, cette fois.

4 Étaler cette bouillie sur le tamis et presser pour extraire le plus d'eau possible. Achever d'extraire l'eau en pressant un torchon dessus.

5 Laisser sécher au-dessus d'un radiateur jusqu'au lendemain.

6 Quand le papier est sec, le découper en forme de carte postale et l'envoyer avec des explications. Il faudra arroser la carte un peu chaque jour pour la voir pousser.

COMMENT FABRIQUER

un porte-monnaie avec une brique de jus

UN PORTE-MONNAIE QUI VAUT AU MOINS UNE BRIQUE !
TRÈS SIMPLE À RÉALISER ET ÉTONNAMMENT SOLIDE.

MATÉRIEL

- UNE BRIQUE DE JUS OU DE LAIT AVEC BOUCHON VISSÉ
- DES CISEAUX
- UN CUTTER DE PRÉCISION
- UNE AGRAFEUSE
- DU MASKING TAPE (FACULTATIF)

1 Aplatir la brique et en supprimer les deux extrémités. La rincer et la sécher.

2 Replier vers l'intérieur les côtés en ménageant un long pli central.

3 Replier l'ensemble, bouchon vers le haut, sur un segment qui correspondra à la profondeur du porte-monnaie.

4 Découper ce qui dépasse de cette zone repliée à l'exception du « dos », lequel servira à faire le rabat de fermeture.

5 Replier ce rabat par-dessus le bouchon, bien appuyer pour que le bouchon y laisse une marque. Découper le rabat aux ciseaux (par exemple, de forme arrondie), puis y découper au cutter un trou là où le bouchon a laissé une trace.

6 Agrafer ensemble les deux compartiments à l'intérieur du porte-monnaie. Décorer les bords en collant du masking tape. On peut aussi en coller sur le bouchon pour le décorer.

1

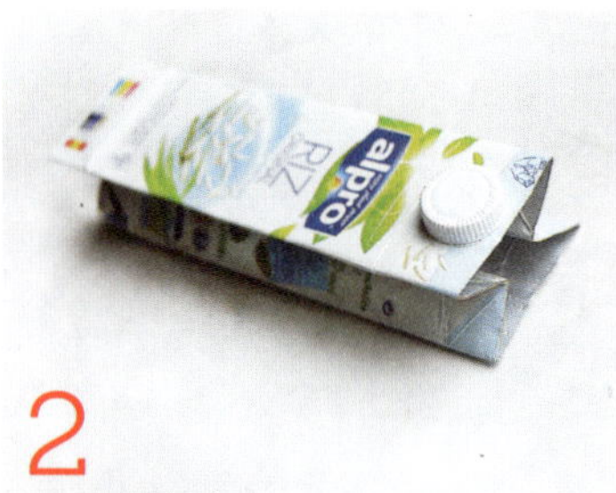
2

3

4

5

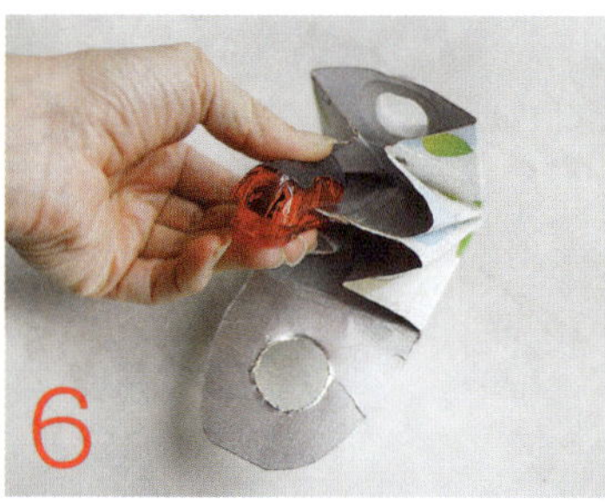
6

Une matière souple qu'on n'a pas l'habitude d'utiliser de cette façon.

COMMENT FABRIQUER de la colle naturelle

PARMI LES PETITES FOURNITURES DU QUOTIDIEN DONT ON PEUT ÉVITER L'ACHAT, ET SE DÉSENGAGER AINSI DE L'USAGE DES SOLVANTS CHIMIQUES, IL Y A LA COLLE ORDINAIRE, QUI SE FABRIQUE EN QUELQUES MINUTES AVEC DE LA FARINE. CERTAINS AJOUTENT DU SUCRE ; IL N'EST PAS INDISPENSABLE.

INGRÉDIENTS

- 1 VERRE DE FARINE
- 1 VERRE D'EAU
- 1 C. À C. DE VINAIGRE BLANC

1 Délayer la farine dans un petit peu d'eau, au fond d'une casserole, puis ajouter progressivement tout le reste de l'eau en mélangeant bien.

2 La porter sur le feu et faire épaissir jusqu'à obtenir la consistance désirée.

3 Ajouter le vinaigre, qui évite le jaunissement de la colle.

4 La colle s'utiliser au pinceau, comme une colle ordinaire. Elle fonctionne particulièrement bien avec le papier, même sur un mur ou sur un support en bois. Comme elle ne se conserve que quelques jours, on en fait seulement la quantité dont on a besoin.

COMMENT BRICOLER

un protège-selle de vélo

QUAND ON RETROUVE SON VÉLO MOUILLÉ APRÈS LA PLUIE, ON DÉGAINE DE SON SAC CETTE CHARLOTTE IMPERMÉABLE. ELLE EST ASTUCIEUSEMENT CONFECTIONNÉE AVEC UN MORCEAU DE SAC EN PLASTIQUE DE RÉCUP, EN DOUBLURE CACHÉE D'UN JOLI TISSU.

MATÉRIEL

- UN MORCEAU DE TISSU
- UN SAC EN PLASTIQUE SOLIDE (DU TYPE À POIGNÉES EN SANGLES)
- UN MORCEAU D'ÉLASTIQUE
- DU PAPIER POUR FAIRE LE PATRON
- DES ÉPINGLES DE COUTURE
- UN CRAYON, DES CISEAUX, UN MÈTRE SOUPLE
- UNE GROSSE ÉPINGLE DE NOURRICE
- UNE MACHINE À COUDRE

1 Poser la feuille de papier sur la selle du vélo pour en tracer le contour. Découper cette forme qui servira de patron.

2 Poser ce patron sur le sac en plastique, tracer le contour et découper.

3 Épingler cette forme en plastique sur le tissu et découper, non pas au bord, mais en ajoutant 1 cm tout autour.

4 Assembler le plastique et le tissu par une couture faite à la machine près du bord.

5 Mesurer la circonférence de cette forme. Découper une bande de tissu de 8 cm de largeur environ et de la longueur de cette circonférence + 2 cm.

6 Bâtir un ourlet sur cette bande (pour pouvoir y passer l'élastique), puis la coudre à la machine sur la forme de la selle, endroit contre endroit, de façon que le plastique soit à l'intérieur de cette charlotte. Finir de coudre à la main les deux extrémités de la bande.

7 Passer le morceau d'élastique dans l'ourlet, après l'avoir piqué dans une épingle de nourrice pour faciliter la manipulation. Retirer l'épingle et nouer l'élastique.

Comment fabriquer

un petit chauffage d'appoint à la bougie

UN EFFET NON NÉGLIGEABLE POUR UN COÛT MINIMAL !

MATÉRIEL

- UN POT EN TERRE DE 11 CM DE DIAMÈTRE
- UN POT EN TERRE DE 15 CM DE DIAMÈTRE
- UN POT EN TERRE DE 20 CM DE DIAMÈTRE
- UNE COUPELLE EN TERRE POUR LA BASE
- 30 CM DE TIGE FILETÉE DE 6 MM DE DIAMÈTRE
- 8 ÉCROUS DE 6 MM
- 6 RONDELLES LARGES
- 2 RONDELLES ENCORE PLUS LARGES (SELON LA TAILLE DU TROU DU GROS POT)
- 2 RACCORDS DE TIGE DE 2 CM
- DES BOUGIES
- UNE PINCE
- UNE PERCEUSE AVEC UN FORET À BÉTON DE 6

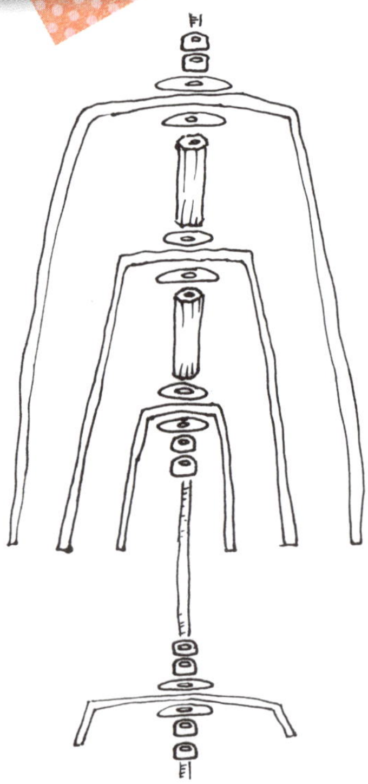

1 Immerger la coupelle dans de l'eau pendant 30 minutes pour faciliter le perçage, puis percer au centre un trou de 6 mm.

2 Fixer l'extrémité de la tige filetée sur cette base avec 2 écrous et une rondelle dessous et dessus. Bien serrer à la pince les 2 écrous pour les bloquer : c'est l'astuce pour que l'ensemble ne bouge plus.

3 Environ 19 cm plus haut sur la tige, enfiler 2 écrous, une rondelle, le petit pot à l'envers, une rondelle puis le raccord de tige.

4 Enfiler une rondelle puis le pot de taille moyenne. Son pourtour inférieur devrait être au même niveau que celui du petit pot. Au besoin, dévisser un peu le raccord pour le remonter et parfaire cet ajustement.

5 Terminer par une plus grande rondelle, le grand pot (aligné sur la base, comme le précédent), l'autre grande rondelle et deux écrous. Sur la photo finale, on a ajouté un écrou borgne à seule fin esthétique.

6 Poser les bougies sur la base et les allumer : la chaleur va monter sous les pots et se diffuser beaucoup plus efficacement que si on se contentait de consumer les bougies seules.

COMMENT FABRIQUER

une chaufferette en noyaux de cerise

MATÉRIEL

- UNE CHAUSSETTE
- DES NOYAUX DE CERISE
- DU FIL ET UNE AIGUILLE
- DU VINAIGRE
- DU BICARBONATE DE SOUDE

1 Manger plein de cerises et garder les noyaux. Les étaler au soleil pour les dessécher. Si les fourmis viennent les nettoyer, c'est encore mieux !

2 Pour achever leur travail, les plonger dans une casserole d'eau additionnée de vinaigre et de bicarbonate de soude, et laisser bouillir pendant 15 minutes, puis plonger un batteur à œufs, afin de frotter les noyaux les uns contre les autres. Égoutter et faire sécher.

3 Découper une chaussette (si l'on veut faire le modèle rectangulaire superhéros, à glisser dans la poche) ou en prendre une toute droite (si l'on veut réaliser le modèle long, à mettre dans le cou). La remplir de noyaux de cerise bien secs.

4 Coudre à la main afin de fermer définitivement le petit sac de noyaux. Avant de l'utiliser en guise de chaufferette, le passer pendant 1 minute (ou un peu plus) au four à micro-ondes.

Un bon truc pour recycler les mystérieuses chaussettes solitaires.

UN DOUDOU BOUILLOTTE QUI SOULAGE
LES TENSIONS DANS LA NUQUE,
LES DOULEURS DENTAIRES OU LOMBAIRES.

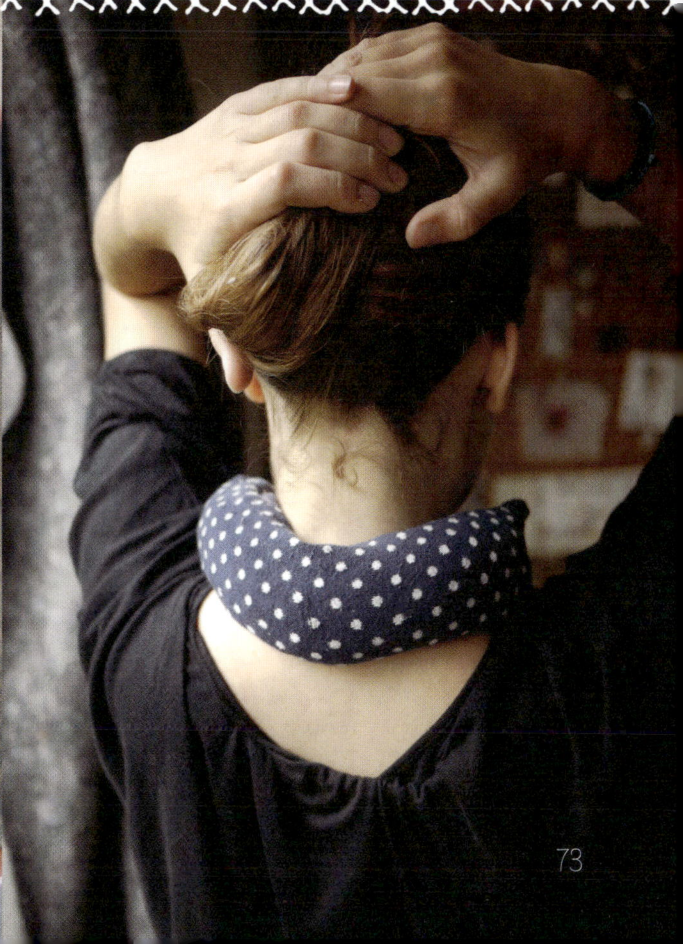

Comment fabriquer du slime

Variante sans colle

CETTE PÂTE À MODELER GLUANTE, VISQUEUSE ET ÉTRANGE À SOUHAIT FAIT LE BONHEUR DES ENFANTS. CETTE VERSION EST RÉALISABLE EN 5 MINUTES, BIO ET MÊME COMESTIBLE. IL SUFFIT DE SE PROCURER DU PSYLLIUM BLOND, VENDU EN ÉPICERIE BIO OU INDIENNE POUR SES VERTUS DIGESTIVES. MAGIQUE !

INGRÉDIENTS

- DU PSYLLIUM BLOND
- DE L'EAU
- DU COLORANT ALIMENTAIRE

1 Mélanger dans un grand récipient en verre 2 c. à s. bombées de psyllium et 20 cl d'eau froide. Ajouter quelques gouttes de colorant alimentaire.

2 Faire cuire au four à micro-ondes pendant 1 minute. La mixture doit faire des bulles. Au besoin, mélanger et prolonger la cuisson.

3 Laisser refroidir la pâte en l'étalant sur les parois du récipient. Elle va rapidement former une sorte de peau élastique avec laquelle on peut jouer telle quelle ou que l'on peut malaxer.

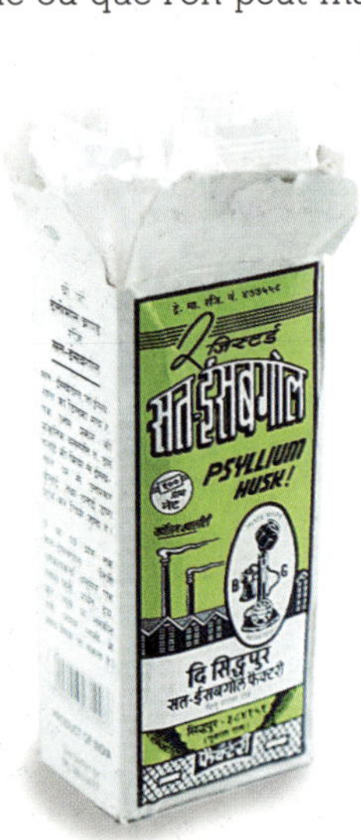

On me trouve à un prix dérisoire dans les épiceries indiennes sous le nom d'ispaghul.

Comment faire

de la pâte à modeler en petits pois

SIMPLISSIME ET RÉALISABLE AVEC LES TOUT-PETITS.
ON PEUT MÊME MANGER SES SCULPTURES ENSUITE !

MATÉRIEL
- UNE BOÎTE DE PETITS POIS
- UNE PASSOIRE FINE

1 Ouvrir la boîte et bien égoutter les petits pois.

2 Les passer dans la passoire fine. Bien appuyer : ils vont pousser à travers le tamis comme des cheveux.

3 Récolter ces tortillons : la pâte à modeler est prête! On peut jeter les petites peaux sèches restées dans la passoire.

Comment faire du fusain avec son sapin de Noël

L'IDÉAL, POUR FAIRE DU FUSAIN… C'EST DE PRENDRE DES BRINDILLES DE FUSAIN, CAR LE MOT DÉSIGNE AUSSI UN ARBRE. TOUTEFOIS, À DÉFAUT, ON PEUT UTILISER UN AUTRE ÉPINEUX, PAR EXEMPLE CE SAPIN DE NOËL DONT VOUS NE SAVEZ PAS QUOI FAIRE À LA NOUVELLE ANNÉE.

MATÉRIEL

- DES PETITES BRANCHES D'ÉPINEUX
- UNE BOÎTE EN MÉTAL QUI FERME (À DÉFAUT, UNE BOÎTE DE CONSERVE FERMÉE PAR DU PAPIER D'ALUMINIUM)
- UN RÉCHAUD, UNE PLAQUE DE GAZ OU UN FEU
- UN BRIQUET OU DES ALLUMETTES
- UNE PINCE (DE CUISINE OU DE CHEMINÉE)

1 Couper des brindilles de sapin de Noël et retirer leurs épines. Quand elles ne sont pas trop fines, c'est encore mieux de leur retirer l'écorce à l'aide d'un couteau.

2 Les placer dans la boîte en métal, fermer le couvercle et le percer d'un petit trou.

3 Placer cette boîte fermée sur un réchaud, un brûleur à gaz ou des braises. (Si vous faites ça à l'intérieur, ouvrez les fenêtres!) Bientôt, une fumée blanche va sortir: c'est l'humidité qui s'évapore. Ensuite, la fumée deviendra noire.

4 Quand plus rien ne sort, faire un test en présentant la flamme d'un briquet ou d'une allumette au-dessus du trou de la boîte. Si une flamme se maintient dans le trou, c'est que la combustion a été effectuée.

5 Arrêter le feu, prendre la boîte avec une pince et la plonger dans de l'eau pour la refroidir instantanément. L'ouvrir: les fusains sont prêts pour dessiner!

Comment faire des chaufferettes parfumées en aiguilles de sapin

TOUS CES SAPINS QUI FINISSENT SUR LE TROTTOIR, QUEL DOMMAGE ! ET SI ON PROLONGEAIT LEUR USAGE EN MIXANT LES ÉPINES SÉCHÉES DANS UNE BOUILLOTTE SÈCHE ?

MATÉRIEL

- QUELQUES BRANCHETTES D'ÉPICÉA
- DU TISSU ÉPAIS
(SUR LA PHOTO, RÉCUP D'UNE ANCIENNE ÉCHARPE)
- UN ROBOT OU UN MOULIN À CAFÉ ÉLECTRIQUE
- DES CISEAUX
- UNE FEUILLE ET UN CRAYON
- DES ÉPINGLES DE COUTURE
- DU FIL À BRODER ET UNE AIGUILLE

1 Choisir un épicéa et non un sapin de Nordmann : celui qui sent bon et qui perd facilement ses épines. Récolter quelques poignées de ces épines après Noël, quand on est triste à l'idée de jeter son sapin.

2 Les étaler sur un plateau pour bien les faire sécher, puis les passer au mixeur afin d'obtenir une poudre grossière : ça exhale les parfums et ça pique moins à travers le tissu.

3 Dessiner un cactus sur une feuille de papier, puis découper la forme et l'épingler sur le tissu choisi. Découper le tissu en s'aidant de ce patron. Réitérer l'opération pour obtenir deux formes identiques quand on les met dos à dos.

4 Broder dessus quelques petites étoiles ou des croix pour figurer les fleurs de cactus.

5 Épingler ensemble les deux découpes identiques, puis les coudre. Conseil pour la couture : cherchez sur Internet un tuto sur le **point de feston** et vous verrez comment réaliser très facilement cette bordure brodée.

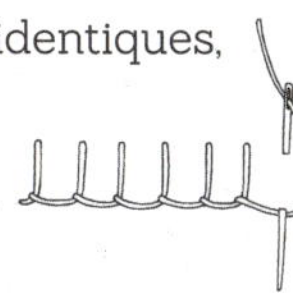

6 Avant d'avoir fait tout le tour, bourrer le cactus avec des épines de sapin hachées, puis terminer la couture au point de feston.

7 Voilà un petit doudou qui sent déjà très bon. Pour le chauffer, le faire passer au four à micro-ondes pendant environ 20 secondes. Hmmm, la bonne odeur de Noël !

CHANTIER ÉCOLO

Comment réaliser

une isolation extérieure en paille de lavande

La première des bonnes résolutions écologiques, concernant l'habitat, est de veiller à son isolation : moins de calories perdues, c'est moins d'énergie à produire pour la chauffer. Lors de la rénovation de cette maison isolée à 1 000 m d'altitude dans les Alpes de Haute-Provence, nous avons mis le paquet sur l'isolation. La lavande pousse ici à foison : notre voisin agriculteur nous a permis d'en disposer gratuitement à volonté, mais d'autres pailles conviennent également. Nous en avons recouvert les murs nord et est de la maison, plus exposés au froid. Les autres ont été seulement rejointoyés à la chaux pour laisser entrer la chaleur du soleil.

MATÉRIEL

- UNE BASE EN BÉTON CELLULAIRE
- DU BOIS D'OSSATURE ET DES ÉQUERRES
- DE LA PAILLE DE LAVANDE ET DES FOURCHES
- DES ROULEAUX DE CANISSE
- DU FIL DE FER ET DE LA TRAME À ENDUIRE
- UN AGRAFEUSE À AIR COMPRIMÉ, DES AGRAFES ET UN COMPRESSEUR (PETIT ET MOBILE)
- DE LA CHAUX HYDRAULIQUE (NHL 3,5)
- DU SABLE ET DE L'EAU AU JET
- UNE BÉTONNIÈRE ET DES SEAUX
- TRUELLES, PLATOIRS, LISSEUSES, ÉPONGES…

1 Réaliser une ossature bois à 25 cm des murs de pierre existants (nous l'avons fait faire par un charpentier) sur un soubassement en béton cellulaire. Les chevrons sont espacés de 50 cm.

2 La suite, en revanche, est accessible par n'importe qui : charger à la fourche des montagnes de paille de lavande chez un gentil voisin, s'équiper de gants épais et bourrer généreusement les interstices entre le bois et la pierre.

3 Dérouler les rouleaux de canisse en partant du bas, côté creux visible (à l'envers par rapport à un usage décoratif) et les agrafer à l'agrafeuse pneumatique (longues agrafes de 4 cm) en tendant du fil de fer, droit et oblique.

4 S'arrêter au bout de 1 m environ pour achever le bourrage à la paille. Ne pas laisser de vides.

5 Agrafer de la trame à enduire sur les arêtes des encadrements de fenêtre et aux jointures entre deux matériaux ou aux endroits présentant une complexité d'adhérence.

6 Préparer l'enduit à la bétonnière en comptant un quart de chaux pour trois quarts de sable, et de l'eau en quantité suffisante pour obtenir la bonne consistance : une pâte homogène épaisse qui adhère sans couler. On peut y ajouter un peu de paille hachée.

7 Appliquer l'enduit de bas en haut en appuyant fort à la lisseuse pour qu'il pénètre bien dans et entre les cannes.

8 Laisser sécher, mouiller puis effectuer une seconde passe. Selon l'effet final souhaité, on peut lisser ou frotasser à l'éponge.

Comment réaliser

une isolation de toiture en ouate de cellulose

Réalisée à base de journaux et autres papiers recyclés, ignifugés et traités contre les rongeurs, la ouate de cellulose est l'un des isolants en vrac les moins chers et les plus efficaces. Elle s'achète compressée en balle de 10 ou 15 kg. Pour une pose en toiture, l'usage d'une machine soufflante est vivement recommandé. On peut en emprunter ou en louer dans les magasins de matériaux. Pour une pose à plat (comme un toit-terrasse), on peut se débrouiller à la main.

MATÉRIEL

- DE LA OUATE DE CELLULOSE
- DES CAISSONS ÉTANCHES D'AU MOINS 30 CM DE PROFONDEUR
- DES TRUELLES
- DES MASQUES À GAZ ET DES LUNETTES DE PROTECTION
- UNE MACHINE À SOUFFLER LA OUATE
- UN LONG TASSEAU
- DE QUOI PROTÉGER LES SPOTS ENCASTRÉS SI BESOIN
- DE QUOI REFERMER LES CAISSONS (PLAQUES D'OSB)
- FACULTATIF (SUR LA PHOTO) : DU GRILLAGE ANTI-RONGEURS

1 Des calculateurs en ligne permettent d'estimer la quantité de ouate nécessaire selon la surface et le R souhaité (le niveau de résistance thermique : il est conseillé de viser 7 pour les combles). Sur le projet pris en photo, on a choisi une épaisseur de 45 cm, en comptant que la ouate a tendance à se tasser avec le temps. Les caissons ont été réalisés par des poutres en I (âme en fibres de bois enchâssée dans deux chevrons, formant de profil la forme d'un i majuscule). Elles présentent l'avantage d'être étonnamment solides pour un faible poids, donc faciles à manipuler, à couper ou à percer pour le passage des câbles, et économiques. Le fond est en OSB et frein-vapeur.

2 Préparer l'endroit où la ouate sera débourrée : on peut former une sorte de piscine en utilisant les ballots encore fermés. Ne pas négliger les protections, surtout le masque à gaz : la ouate de cellulose n'est pas toxique en soi, on peut la manipuler à mains nues, mais les particules sont si fines qu'il est vraiment dangereux de les inhaler pendant une longue durée.

3 Ouvrir les sacs de ouate et les débourrer grossièrement au sol. Après toutes sortes d'essais, la truelle nous a paru la plus commode pour décompacter les blocs, en l'agitant comme un hachoir.

4 Brancher la machine une fois que l'équipe est en place aux deux extrémités (plusieurs personnes au débourrage, une sur le toit pour manipuler la ouate et une autre pour refermer les caissons). S'assurer que le tuyau ne forme pas de nœud ou de virage trop serré et aspirer en tenant l'embouchure un peu oblique afin qu'il y ait toujours de l'air en plus de la ouate : le tuyau se bouche facilement quand on n'a pas encore le coup de main. Éviter d'aspirer de gros morceaux compacts.

5 À l'autre bout, enfoncer le tuyau bien au fond des plaques d'OSB servant de couvercle. Conseil : pas plus de deux largeurs de plaques de 125 cm. Tasser (mais pas trop) en agitant le tasseau. C'est assez physique, il faut beaucoup bouger le tuyau pour bien répartir la ouate et ne pas lésiner sur la quantité..

6 Si l'on remplit un toit-terrasse horizontal, on peut se permettre de déballer les paquets directement sur place et les briser à la truelle dans les caissons. Le résultat sera néanmoins moins léger, mousseux et homogène. Or, c'est l'air entre les particules qui est isolant, donc ne pas négliger le débourrage.

7 S'il y a des spots électriques au plafond, prendre de grandes précautions pour qu'ils ne touchent pas la ouate, sous peine de risque d'incendie (on l'a vécu !). Il existe des cloches de protection. Sur plafond horizontal, on peut les remplacer par des pots en terre cuite retournés.

8 Refermer les caissons avec les plaques d'OSB (éventuellement après agrafage d'un grillage anti-rongeurs) au fur et à mesure, surtout s'il y a du vent.

COMMENT POSER

un isolant en fibres de chanvre

DANS CE PROJET DE RÉNOVATION D'UNE MAISON ANCIENNE, LA TOITURE A ÉTÉ SURÉLEVÉE DE 1 M. CETTE EXTENSION A ÉTÉ RÉALISÉE EN OSSATURE BOIS SOUS LA FORME DE CAISSONS AFIN DE POUVOIR ACCUEILLIR L'ISOLANT CHOISI POUR SES PROPRIÉTÉS THERMIQUES ET ACOUSTIQUES À PARTIR D'UN MATÉRIAU ÉCOLOGIQUE : LE BIOFIB TRIO®, UN MÉLANGE DE FIBRES DE CHANVRE, DE LIN ET DE COTON. TRÈS FACILE À METTRE EN ŒUVRE ET AGRÉABLE À TRAVAILLER, MÊME À MAINS NUES. RIEN À VOIR AVEC LA LAINE DE VERRE !

MATÉRIEL

- UNE OSSATURE BOIS (ICI, EN SECTION 45 X 145 MM)
- DES CONTREVENTEMENTS À L'EXTÉRIEUR
- DES PANNEAUX DE BIOFIB TRIO® DE 14 MM D'ÉPAISSEUR
- UN COUTEAU À PAIN
- UN MÈTRE
- UN REVÊTEMENT INTÉRIEUR ET EXTÉRIEUR AU CHOIX

1 Les panneaux d'isolant se présentent sous la forme d'une sorte d'agglomérat de laine épaisse un peu souple, très intriquée (on la déchire difficilement à la main), compressible. Ils se posent sans colle, simplement par compression : autant dire qu'il est essentiel de prévoir des caissons de dimensions adéquates afin de minimiser les découpes. Comme les panneaux font 60 cm de largeur, l'idéal est de prévoir un écartement entre les montants de 58 cm environ.

2 Mesurer la taille du panneau souhaité pour rentrer dans l'interstice à isoler et découper le panneau en ajoutant 2 cm afin de favoriser la tenue par compression. La découpe se fait tout simplement au couteau à pain (à grandes dentelures). Elle ne nécessite pas d'être impeccable. Ne pas jeter les débris.

3 Bien enfoncer le panneau… et c'est tout ! On peut faire tenir plusieurs morceaux dans le même caisson. Bien colmater les interstices avec les chutes (surtout quand on a des angles non droits, comme sur la photo : c'est plus difficile !)

4 Pour le revêtement, deux choix : s'il est maçonné, comme nous l'avons fait à l'extérieur, on peut agrafer de la canisse sur les barres obliques du contreventement (premier caisson de la photo de droite), puis appliquer l'enduit. Si on le recouvre de plaques (bois ou placo), il faudra d'abord tendre un frein-vapeur hygrovariable (sur la photo, on le voit qui dépasse du plafond), agrafé et jointoyé au ruban adhésif spécial.

COMMENT FAIRE un enduit à l'argile

L'ARGILE EST UNE MATIÈRE MERVEILLEUSE. GRATUITE QUAND ON A LA CHANCE D'EN TROUVER DANS SON JARDIN, PEU CHÈRE QUAND ON L'ACHÈTE EN VRAC*, ON NE PEUT PLUS NATURELLE, ELLE SE PRÊTE À TOUTES LES MISES EN ŒUVRE TANT ELLE ADHÈRE PARTOUT, MÊME SUR LE VERRE ! DOUCE À TOUCHER À MAINS NUES, ELLE DONNE ENVIE D'ADOUCIR LE MUR EN LUI AJOUTANT DES COURBES ET DES FANTAISIES. ELLE LE LAISSE RESPIRER ET RÉGULE L'HYGROMÉTRIE. ELLE AUTORISE TOUS LES ESSAIS, TOUTES LES ERREURS : ON PEUT CHANGER D'AVIS, L'HUMIDIFIER, RECOMMENCER, VOIRE LA RETOURNER AU JARDIN...

** pour ma part, en Provence, je suis passée par l'adorable association de réinsertion Le Village, à Cavaillon*

MATÉRIEL

- DE L'ARGILE EN VRAC
- DU SABLE
- DE LA PAILLE HACHÉE
- UNE GRANDE POUBELLE
- DES SEAUX
- UN TAMIS SI BESOIN
- UN MÉLANGEUR (OU BEAUCOUP DE MUSCLES)
- TRUELLES, PLATOIRS ET LISSEUSES (EN ESSAYER PLUSIEURS)
- UNE GROSSE ÉPONGE
- UN VAPORISATEUR (OU TUYAU D'ARROSAGE AVEC PISTOLET)
- DES MORCEAUX DE GRILLAGE SI ORNEMENTS + PINCE COUPANTE
- DE LA CANISSE, DU FIL DE FER ET UNE AGRAFEUSE (SELON LE MUR)
- DE LA TRAME À ENDUIRE SI BESOIN (RACCORDS)
- DE QUOI PROTÉGER LE SOL

1 La veille (ou même plus longtemps avant, sans limite), mettre l'argile à tremper dans la grande poubelle avec de l'eau pour qu'elle se réhydrate et se dissolve.

2 Préparer les murs. S'ils sont en pierre, décroûter pour retirer grossièrement tout ce qui s'effrite, puis humecter généreusement avec un vaporisateur (sur un mur entier, c'est plus commode avec un tuyau d'arrosage équipé d'un pistolet). Si le mur est recouvert d'un isolant (comme le Biofib®), le recouvrir de canisse agrafée à l'envers, côté bombé de la canne visible : cela favorise l'accroche de l'enduit. Au besoin, rigidifier ce support en agrafant du fil de fer. Sur du béton cellulaire ou du bois rugueux, aucune préparation sinon l'humidification. Sur des surfaces très lisses comme du placo ou certains bois, ou pour faire la jointure entre deux matériaux, il peut être utile d'agrafer de la trame à enduire (sous forme de quadrillage souple qui se découpe aux ciseaux).

3 Plonger (délicieusement) les mains dans l'argile pour vérifier qu'elle est bien souple et sans gros grumeaux, en mettre dans un seau et ajouter grossièrement la même quantité de sable (éventuellement tamisé s'il est irrégulier ou si une certaine finesse est requise : valable surtout pour les finitions). Mélanger à la truelle ou au mélangeur, puis ajouter la même quantité de paille finement hachée (la paille de riz de Camargue est idéale et bon marché, quand on n'habite pas trop loin). Ne pas trop se soucier des proportions (environ un tiers de chaque) mais plutôt de la consistance au toucher. Ajouter la quantité d'eau

nécessaire : on doit obtenir une pâte épaisse et surtout qui colle bien. La paille sert à réduire les fissures. Pour les finitions, on peut en mettre moins, voire, en fine couche, pas du tout, mais il est préférable d'apprendre à bien lisser pour la faire disparaître.

4 Protéger le sol (une chute de lino est idéale). Si les murs de pierre présentent des gros interstices à boucher, commencer par un gobetis d'accroche en réalisant une préparation un peu épaisse et la projeter en jetant littéralement des poignées de mélange à 1 m de distance pour qu'elles adhèrent bien (les enfants adorent… les adultes aussi, qui redeviennent des enfants).

5 Au besoin, humecter encore le mur. Procéder par petites surfaces en recouvrant le mur d'une couche épaisse à l'aide du platoir et de la truelle… mais on peut aussi y aller à la main, tout simplement. Puis lisser à la lisseuse. Un conseil : en essayer plusieurs, à chacun de trouver exactement l'outil qui lui convient. Certains préfèrent une lisseuse japonaise en métal, avec une poignée. D'autres une sorte de spatule en plastique souple, comme une marouflette. Le bon geste permet de rendre la surface très lisse, au point que les petits brins de paille ne se hérissent plus mais se fondent dans la matière. Les arêtes se font avec la paume de la main venant pousser et lisser un mélange un peu épais. Que du bonheur !

6 Comme cette matière est merveilleuse et naturelle, il n'y a pas de notion d'urgence, comme avec le plâtre, ni d'irréversibilité, comme avec le ciment ou la chaux : on peut ramasser par terre la matière qui est tombée et la réutiliser. On n'a même pas besoin de nettoyer ses outils le soir avant de recommencer le lendemain, tout au plus les plonger dans l'eau : l'argile se dissout à nouveau sans problème. On peut changer d'avis le lendemain, décoller un élément réalisé la veille et recommencer (seuls les raccords seront délicats à estomper, dans ce cas).

7 Pour ajouter des ornements qui dépassent du mur, incruster une armature dans une première couche d'enduit épaisse. Par exemple, pour réaliser le petit appui de fenêtre, on a piqué des morceaux de canne horizontalement, que l'on a recouverts d'enduit une

fois la première couche un peu solidifiée (en y incluant une chute de miroir, pour refléter les rayons du soleil). Pour les niches murales, on a prévu un appui plus solide, avec une tablette de bois, et on a façonné à la main l'arrondi.

8 Les ornements formant des sortes de poches dans l'angle de la première photo ont été réalisés en enfonçant des bandes de grillage dans la première couche d'enduit, puis on a garni et épaissi cette armature avec le torchis. En gros, il n'y a pas vraiment de limite à l'épaisseur de ce mélange, sinon la tenue à cause du poids qu'il représente mouillé. Un conseil pour trouver l'inspiration des ornements : chercher des images de maisons réalisées en cob (qui désigne justement ce torchis à base d'argile).

9 Laisser sécher. Si jamais des fissures apparaissent (presque inévitables), frotter à l'éponge. Il est bon pour les murs que l'argile reste telle quelle, mais on peut la cirer (les murs deviennent moins respirants) ou la recouvrir d'un lait de chaux éventuellement teinté aux pigments.

•••

On peut aussi choisir de n'enduire qu'une partie du mur (par exemple si elle comporte des défauts, une zone cimentée ou pour masquer un raccord ou un ajout) et laisser une autre partie en pierres apparentes. C'est le cas sur la photo de la page suivante.

Enduit avec joint

Pour réaliser un enduit jointif entre les pierres, comme sur la photo à gauche, bien mouiller le support, appliquer l'enduit à la main (c'est encore le plus simple et le plus souple, surtout quand on n'est pas maçon de métier) et passer une éponge mouillée pour lisser les joints et dégager la face visible de la pierre. On pourra toujours ajuster ce nettoyage après séchage à l'éponge ou à la brosse métallique.

Plinthes

Impossible de fixer une plinthe en bois sur un mur rustique courbe ou irrégulier. Pour assurer néanmoins la finition, deux solutions : coller des petits galets roulés de rivière, comme ici à gauche, ou bien une grosse corde de chanvre, qui épousera facilement la forme du mur et comblera ce petit espace.

Appliques murales

L'argile est également le matériau idéal pour modeler des luminaires à même le mur : elle cache les câbles d'alimentation et permet toutes sortes de formes en excroissance pour façonner des appliques dont l'éclairage mettra la matière en valeur.

Sur cette page, un enduit partiel avec plinthe en galets, autour d'un placard encastré fermé par un ancien volet. À noter en page de droite, une sculpture à même le mur, tout en argile, réalisée à l'occasion de l'enduit, ainsi qu'une applique au-dessus. Des petites plantes séchées ont été piquées dans la main de la femme et pour figurer sa pilosité naturelle. La rampe d'escalier est bricolée avec des branches d'arbre.

Comment faire un parement en bois

POUR HABILLER DE BOIS CE COIN COUCHAGE EN MEZZANINE, ON A COMBINÉ DEUX TECHNIQUES DE PAREMENT : DES PLANCHES ENTIÈRES DE BOIS BRUT ET DES RONDELLES DE BÛCHES INCRUSTÉES DANS L'ENDUIT D'ARGILE.

MATÉRIEL

- DES PLANCHES DE BOIS BRUT
- DES TASSEAUX
- DES VIS ET UNE VISSEUSE
- UNE PONCEUSE
- DES BÛCHES
- UNE SCIE
- DU XYLOPHÈNE
- UN MÈTRE
- DE L'ARGILE
- DU SABLE
- DE LA PAILLE HACHÉE

1 Dessiner le plan de l'habillage envisagé. Visser au mur les tasseaux destinés à constituer l'armature, puis les planches. Sur la photo, on a profité d'un décroché dans le mur initial pour aménager une tablette qui marque la rupture entre les planches verticales et les rondelles de bois.

2 Couper ces rondelles de 1 à 2 cm d'épaisseur dans des bûches de bois déjà sec, de préférence, pour éviter qu'il ne se rétracte ensuite au séchage. On peut choisir de les poncer et de les vernir ou les laisser telles quelles. Un traitement au xylophène peut être utile en cas d'indices laissant à penser que le bois est habité.

3 Réaliser au mur un enduit à base d'argile (voir p. 86) en couche généreuse. On peut en profiter pour masquer un câble électrique qui servira à aménager une applique murale. Puis enfoncer les rondelles côte à côte et laisser sécher. C'est tout !

Comment faire

une applique murale en terre crue

DANS UNE ESTHÉTIQUE « MAISON DE HOBBIT », PLACE AUX IMPROVISATIONS QUI RAPPELLENT LES JOIES DE LA PÂTE À MODELER.

MATÉRIEL

- UNE ARRIVÉE ÉLECTRIQUE MURALE (FIL, DOUILLE, AMPOULE)
- DU GRILLAGE À POULES
- UNE PINCE COUPANTE
- UN RESTE D'ISOLANT (FACULTATIF)
- DE L'ARGILE
- DU SABLE
- DE LA PAILLE HACHÉE FINEMENT
- UN GRAND SEAU
- UN MORCEAU DE TISSU OU DE DENTELLE

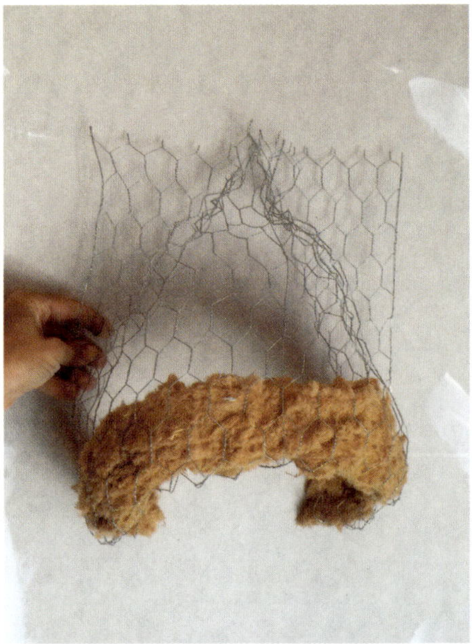

1 Façonner la forme de l'applique choisie en manipulant le morceau de grillage à poules. Cette armature sert non seulement à donner sa forme à l'applique, mais aussi à la faire tenir au mur, donc prévoir de larges ailettes de chaque côté qui viendront se fondre dans l'enduit mural. Les chutes de laine de bois ont été utilisées pour donner du volume à cette forme sans trop l'alourdir. On peut procéder autrement selon la forme donnée au grillage.

2 Préparer un enduit à l'argile en suivant la procédure décrite p. 86, c'est-à-dire à peu près un tiers d'argile détrempée, un tiers de sable tamisé et un tiers de paille finement hachée, plus de l'eau en quantité suffisante pour obtenir une pâte collante.

3 Recouvrir le mur de cet enduit en y noyant les ailettes de la forme grillagée et assurer le colmatage par l'intérieur tant que celui-ci est encore visible à travers le grillage, tout en prenant soin de laisser intacte la sortie d'électricité (protéger la douille avec un morceau de papier ou de bâche).

4 Garnir le grillage d'un enduit épais… tant que ça tient. Si jamais le poids est trop conséquent et menace de décoller l'applique, s'arrêter à temps, laisser sécher et poursuivre en ajoutant des couches. Sur le modèle pris en photo, on a fait le choix de trois sources lumineuses : dessus, dessous et à traves les trous (ménagés au doigt, tout simplement).

5 Quand tout est sec, visser une ampoule et ajuster l'éclairage selon l'ambiance souhaitée. Pour masquer cette ampoule visible du dessous dans cette applique haut placée, on a accroché une bande de tissu à dentelle récupéré d'un vieux vêtement sur les petites extrémités du grillage en fil de fer qui dépassaient à l'intérieur de l'applique.

COMMENT RÉALISER des étagères en béton cellulaire

LE BÉTON CELLULAIRE PRÉSENTE DE NOMBREUX AVANTAGES POUR LE BRICOLEUR : LÉGER, DONC FACILE À MANIPULER, ET FACILE À DÉCOUPER AUSSI, À L'AIDE D'UNE SIMPLE SCIE ÉGOÏNE, SANS TROP D'EFFORTS. ON LE TROUVE À UN PRIX RAISONNABLE DANS LES GRANDES SURFACES DE BRICOLAGE. LES ÉTAGÈRES AINSI RÉALISÉES SONT JUSTE ENDUITES DE PLÂTRE. SANS DIFFICULTÉ TECHNIQUE. L'ESSENTIEL EST DE BIEN PENSER LE DESSIN AU PRÉALABLE !

MATÉRIEL

- DES CARREAUX DE BÉTON CELLULAIRE DE 5 CM D'ÉPAISSEUR
- UNE SCIE ÉGOÏNE
- DU MORTIER-COLLE POUR BÉTON CELLULAIRE
- UNE TRUELLE
- DU PLÂTRE OU DE L'ENDUIT

1 Dessiner le plan de l'étagère sur un papier, en veillant à ce que les segments ne dépassent pas la longueur maximale des carreaux, soit 60 cm. (Sur le projet photographié, aux deux endroits où la dimension requise dépassait cet entraxe, segments n°8 et 9, on a remplacé le béton cellulaire par des linteaux en béton classique.)

2 Découper les premiers jambages, les positionner, puis découper et déposer dessus les segments horizontaux, de façon provisoire, sans colle. Procéder ainsi de bas en haut.

3 Numéroter tous ces segments au crayon, et reporter ces numéros sur le plan… sous peine d'être complètement perdu quand tout sera démonté ! (L'étagère représentée compte 34 morceaux.)

4 Tout démonter, puis coller les segments au mur et entre eux, en suivant le plan.

5 Au choix, araser un peu les angles et les arêtes (ou pas). Recouvrir de plâtre ou d'enduit.

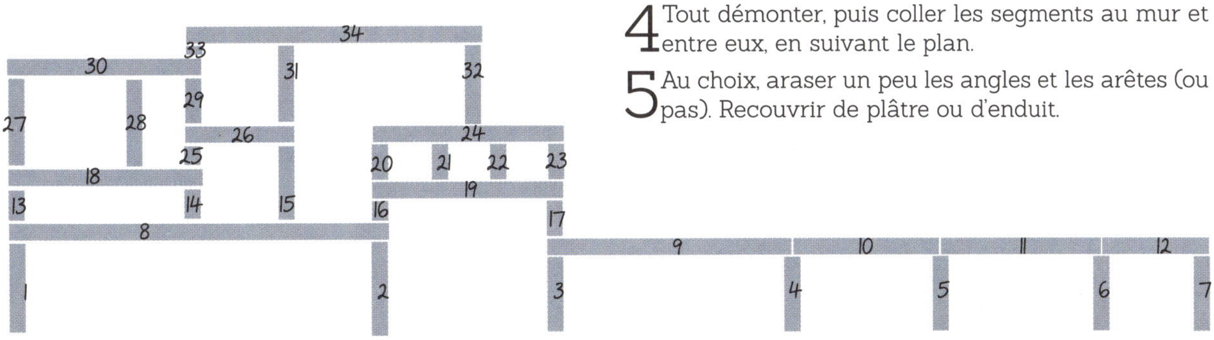

Piétements en brique et plan de travail en béton coulé dans un coffrage.

Démoulage du coffrage et construction des cases en béton cellulaire.

Comment bricoler

des placards avec des coffres

IL SUFFIT PARFOIS DE RETOURNER LES CHOSES DE 90 OU DE 180° POUR LEUR EN TROUVER UN USAGE COMPLÈTEMENT DIFFÉRENT. AINSI DE CES COFFRES CHINÉS EN BROCANTE, DEVENUS PLACARDS MURAUX.

MATÉRIEL

- DEUX COFFRES EN BOIS SOLIDES
- DES PETITES PLANCHES DE BOIS
- DES CHEVILLES, DES VIS, UNE PERCEUSE-VISSEUSE
- DES CLOUS ET UN MARTEAU
- UNE SCIE ET UN NIVEAU À BULLE

1 Positionner chaque coffre verticalement contre le mur, en s'aidant d'un niveau à bulle pour s'assurer qu'il est bien droit.

2 Percer deux trous dans le fond jusqu'à amorcer deux marques dans le mur.

3 Percer le mur (avec une autre mèche) aux endroits marqués et enfoncer des chevilles, puis fixer les coffres avec des vis.

4 Découper des planches de la taille adéquate afin de constituer les étagères intérieures. Les faire tenir au moyen de petits clous plantés dans les parois intérieures et dépassant légèrement, en guise de taquets.

L'essuie-tout tient sur une branche glissée dans les supports de l'étagère.

Les abat-jour sont des cache-pots en écorce, mis à l'envers.

Comment construire une cuisine pour enfants en tadelakt

LE TADELAKT EST UN ENDUIT TRADITIONNEL MAROCAIN À BASE DE CHAUX, DOUX AU TOUCHER ET ÉTANCHE, QUE L'ON TROUVE DANS LES HAMMAMS. UN PEU DIFFICILE À METTRE EN ŒUVRE SELON LES RÈGLES DE L'ART, IL PEUT TOUT DE MÊME ÊTRE TENTÉ SUR UNE PETITE SURFACE SANS TROP D'ENJEU, COMME CE PROJET, ICI RÉALISÉ DANS UNE CACHETTE SOUS L'ESCALIER.

MATÉRIAUX

- DES BRIQUES
- DE LA COLLE À CARREAUX DE PLÂTRE
- DE LA CHAUX AÉRIENNE
- DE LA POUDRE DE MARBRE (OU DU SABLE FIN COMME DE LA FARINE)
- DES PIGMENTS
- DU SAVON NOIR
- DE L'EAU
- UN SALADIER EN INOX À REBORD

MATÉRIEL

- UN MARTEAU
- UNE TRUELLE
- UNE ÉPONGE
- UNE SPATULE EN PLASTIQUE
- UN GALET ROND BIEN POLI
- DES GANTS
- UN PINCEAU LARGE

1 Disposer les briques, en ménageant un trou pour l'évier, et les coller au mur à la colle à carreaux de plâtre (qui est plus facile à manipuler que le plâtre pur, quand on n'est pas maçon).

2 La veille de la pose du tadelakt, bien mouiller les briques avec une éponge et préparer le gobetis, avec 7 volumes de poudre de marbre ou de sable extrafin pour 3 volumes de chaux et, si on souhaite la teinter, un peu de pigment (environ 15% du volume, sachant que la teinte sera moitié plus pâle après séchage). Ajouter autant d'eau que nécessaire pour obtenir la consistance désirée. Laisser gonfler jusqu'au lendemain.

3 Mouiller à nouveau le support et talocher de bas en haut sur une épaisseur de 5 mm en deux passes successives.

4 Laisser tirer, puis talocher énergiquement avec la spatule, par des mouvements circulaires, en écrasant pour faire sortir la laitance.

5 Laisser sécher jusquà ce que le doigt ne colle plus. Poncer au galet, comme un massage. Passer encore la spatule, et répéter aussi souvent que nécessaire pour que le rendu soit compact et lisse. Ne pas trop appuyer, sinon l'enduit risque de se décoller.

6 Attendre encore quelques heures que l'enduit sèche et commence à craqueler. Passer au pinceau du savon noir dilué dans de l'eau (4 c. à s. pour 1 l d'eau), puis polir les mico-fissures avec le galet. À la fin, laver et essuyer.

avant

après

Comment fabriquer une cheminée

NON SEULEMENT CETTE CHEMINÉE EST BARBABELLE ET DOUCE À CARESSER, MAIS ELLE SERT ÉGALEMENT DE POÊLE. L'ASTUCE CONSISTE À Y INSÉRER DES GALETS DE MER QUI RESTITUENT LA CHALEUR. QUAND ON FAIT UNE GROSSE FLAMBÉE, ELLE RESTE TIÈDE JUSQU'AU LENDEMAIN.

MATÉRIAUX

- DU BOIS POUR FAIRE LE COFFRAGE
- DES CARREAUX DE PLÂTRE POUR LE SOUBASSEMENT
- DU MÉLANGE À BÉTON
- DES BRIQUES RÉFRACTAIRES
- DU CIMENT RÉFRACTAIRE
- DES PIERRES QUI RESTITUENT LA CHALEUR (PAR EXEMPLE, DES GROS GALETS DE PLAGE LISSES)
- UN TUYAU D'ÉVACUATION DE POÊLE SOUPLE
- DU PLÂTRE OU DE L'ENDUIT FIN
- UN CONDUIT EXTÉRIEUR
- DE LA PEINTURE LESSIVABLE

1 Dessiner la cheminée et simuler les volumes dans la pièce. Sur la photo, on s'est inspiré de la maison des Barbapapa.

2 Construire le soubassement avec des pieds en carreaux de plâtre (ou en béton cellulaire) et un coffrage, dans lequel on coulera un béton. Pour faire l'arrondi, on peut utiliser par exemple des plinthes en plastique souple destinées à cacher des fils électriques (bon marché, flexibles et faciles à démouler).

3 Pendant que le béton sèche, aller faire un tour à la plage, par exemple en Normandie, en Bretagne ou en Baie de Somme (mais ces cailloux existent probablement sur les autres plages également) afin de collecter quelques galets lisses.

4 Construire la voûte en briques réfractaires, jointoyées au ciment également réfractaire. Ne pas oublier de ménager l'emplacement du conduit d'évacuation des fumées. C'est la partie délicate. On trouve des tutoriels en ligne…

5 Recouvrir cette voûte des galets et remplir avec le ciment réfractaire, en fixant le tuyau. On peut se permettre de lui faire faire deux coudes, comme sur la photo, mais pas plus.

6 Faire les finitions au plâtre ou à l'enduit fin, bien poncer, puis recouvrir de peinture lavable (car la fumée va venir velouter de noir le haut du manteau ; sur une peinture satinée, la suie part d'un coup d'éponge).

7 On peut aussi constuire une porte afin d'utiliser cette cheminée en guise de four à pain.

COMMENT FABRIQUER

une mezzanine avec un tronc d'arbre

UNE MEZZANINE AVEC UN ARBRE EN GUISE DE QUATRIÈME POTEAU, POUR DONNER L'IMPRESSION D'UNE CABANE PERCHÉE. PAS SI COMPLIQUÉ QUE ÇA. LES BRANCHES EN GUISE DE GARDE-CORPS NE SONT PAS HOMOLOGUÉES, MAIS ELLES ONT LEUR CHARME SAUVAGE. PETIT RAPPEL : LES BRANCHES VERTES FRAÎCHEMENT COUPÉES SONT PLUS SOLIDES QUE LE BOIS MORT.

MATÉRIEL

- 3 POTEAUX + 1 TRONC D'ARBRE
- 6 SABOTS
- 5 SOLIVES DE 6 X 9 CM DANS LA LONGUEUR
- 2 SOLIVES DE 6 X 9 CM DANS LA LARGEUR
- UNE CHUTE DE SOLIVE POUR LA JAMBE DE FORCE
- DES ÉQUERRES, DES VIS ET DES TIRE-FONDS
- DES LAMES DE PLANCHER
- DES BRANCHAGES ET DES CLOUS
- UNE PLANCHETTE POUR FIXER LE TRONC AU SOL
- UNE ÉCHELLE OU UN ESCALIER
- DE LA PEINTURE OU DE LA CHAUX
- UNE SCIE, UNE VISSEUSE ET UN PINCEAU

1 Visser une planchette ronde sous l'arbre, d'un diamètre légèrement supérieur à celui du tronc, afin de pouvoir ensuite visser cette planchette au sol et maintenir l'arbre.

2 Pratiquer une entaille dans le tronc d'arbre à la hauteur des poteaux, afin que les solives puissent reposer dessus.

3 Fixer les poteaux aux murs avec des tire-fonds ou avec des équerres et des vis.

4 Dans la largeur, fixer les deux solives sur les poteaux, puis les solives dans la longueur, afin de constituer un cadre maintenu par des équerres.

5 Visser les sabots sur la largeur, en ménageant entre eux un écart de 40 cm environ. Positionner les longues solives dedans et visser.

6 Poser le plancher et le clouer sur les solives. Le peindre éventuellement.

7 Contreventer l'angle qui recevra l'escalier par une jambe de force.

8 Pour construire la rambarde, fixer verticalement aux deux extrémités deux branches solides en guise de poteaux, à l'aide d'équerres. Fixer horizontalement deux longues branches maîtresses sur ces poteaux et sur l'arbre. Toutes les autres branches tiendront avec des clous sur ces supports et sur l'arbre. On veillera à bien les entrecroiser.

9 Fixer l'échelle de meunier par des tourillons dans le sol, voire des morceaux de fer à béton.

Comment fabriquer des étagères en bois maçonnées en papier mâché

FACILE ET BON MARCHÉ : DES PLANCHES D'AGGLOMÉRÉ FIXÉES AU MUR PAR DES ÉQUERRES, INCLUANT DES PETITES PORTES ACHETÉES EN BROCANTE. L'EFFET MAÇONNÉ EST DONNÉ PAR UNE BOUILLIE DE PAPIER TOILETTE PEINTE EN BLANC, QUI ADOUCIT LES ANGLES ET JOINT LE BOIS AU MUR.

MATÉRIEL

- DES PLANCHES DE BOIS ÉPAISSES
- DES ÉQUERRES ET DES VIS
- DES CHEVILLES ADAPTÉES AU MUR
- DES PORTES DE RÉCUP' (AVEC LEUR CADRE)
- DES TOURILLONS DE BOIS
- DU PAPIER TOILETTE BLANC
- DE LA COLLE À TAPISSERIE
- DE LA PEINTURE BLANCHE

1 Dessiner d'abord le plan des étagères, en commençant par placer les portes, au besoin en traçant leur contour au mur. Pour le projet photographié, on a choisi de mettre des pieds au sol en guise d'appui, mais surtout pour encadrer le radiateur et, à terme, le camoufler derrière une tôle ajourée. Ce cadre est de moindre profondeur que les autres étagères.

2 Découper d'abord les étagères les plus basses. Tracer l'emplacement des parois verticales qui reposeront dessus et pratiquer des trous sur ce trait, ainsi que dans l'épaisseur des parois verticales, afin de glisser des tourillons de bois. Il est utile d'investir dans un petit matériel bon marché qui se fixe sur la mèche de la perceuse et permet de percer bien droit, bien au centre et à la bonne profondeur.

3 Procéder ainsi de bas en haut, en fixant les étagères au mur à l'aide des équerres, et en incluant le cadre des portes.

4 Plonger les rouleaux de papier toilette entiers dans un faitout d'eau chaude et en extraire le rouleau central en carton. Broyer au mixeur, puis ajouter de la colle en pluie. Mélanger jusqu'à obtenir la consistance visqueuse adéquate. En recouvrir les arêtes et les jointures entre les planches et le mur.

5 Quand le papier mâché est sec, peindre le tout, sauf les portes.

TÀPIES
SPA
1000 IDÉES JARDIN
VIVRE CHIC À LA CAMPAGNE

PIÈCES D'EAU

COMMENT INSTALLER

des toilettes à séparation

LE DRAME ÉCOLOGIQUE DES TOILETTES ORDINAIRES, C'EST QU'ON DÉFÈQUE DANS DE L'EAU POTABLE. L'ENNUI DES TOILETTES SÈCHES EN INTÉRIEUR, C'EST QU'ON DOIT FRÉQUEMMENT ALLER VIDER DEHORS DES SEAUX UN PEU LOURDS. À LA MAISON, NOUS AVONS OPTÉ POUR DES TOILETTES SÈCHES À L'EXTÉRIEUR SANS MANIPULATION (VOIR P. 180) ET, À L'INTÉRIEUR, DES TOILETTES À SÉPARATION : LA FORME EST CONÇUE POUR SÉPARER NATURELLEMENT LES URINES, QUI COULENT VERS L'AVANT ET SONT RACCORDÉES À LA FOSSE SEPTIQUE. LE SEAU NE COLLECTE QUE LES MATIÈRES FÉCALES... DONT ON S'ARRANGE POUR QU'ELLES SOIENT OCCASIONNELLES À L'INTÉRIEUR. ET ON ÉVITE AINSI DE CHARRIER AU SEAU LES SIX MICTIONS PAR JOUR ET PAR PERSONNE !

MATÉRIEL

- UNE CUVETTE DE TOILETTE À SÉPARATION *
- DES CHUTES DE CHEVRON
- UNE PLANCHE POUR L'ASSISE
- DES PETITES PORTES DE RÉCUPÉRATION OU DE QUOI EN FABRIQUER
- UN SEAU
- UNE LUNETTE CLASSIQUE OU UNE AUTRE FORME DE COUVERCLE
- DE L'EAU À PROXIMITÉ (DOUCHETTE OU BROC)
- UNE SCIE SAUTEUSE
- UN SIPHON ET DES RACCORDS DE PLOMBERIE SOUPLES

* Deux modèles testés à la maison : la marque française Trobolo (trobolo.fr) pour le modèle noir, et la marque anglaise Strumpet & Trollop (ebay.fr) pour le modèle blanc avec un joli couvercle à l'arrière, qui existe de toutes les couleurs, et même à paillettes !

1 Pour réaliser le modèle de la page de droite, on a commencé par chercher un meuble dont on pourrait prélever les petites portes (on l'a récupéré en décheterie). Sur l'autre photo, la façade est une seule porte en planches équipée de charnières.

2 Construire une armature assez simple avec des morceaux de chevrons verticaux dans les angles, qui seront cachés à l'intérieur du caisson, puis ajuster la ou les portes.

3 Découper la planche d'assise aux bonnes dimensions et prélever dedans, à la scie sauteuse, l'ovale correspondant au trou de la cuvette. Sur le modèle noir, il s'agit simplement de bois blond verni. Le modèle blanc est entouré d'une mosaïque formée de galets plats et de faïence brisée. En outre, on distingue à sa gauche le couvercle d'un bac à sciure qui a été ménagé dans l'espace du caisson.

4 Poser la cuvette et la raccorder au circuit d'évacuation classique via un siphon. Prendre en compte qu'il faudra pouvoir accéder au seau occasionnel placé derrière.

5 La proximité d'une douchette ou d'un robinet avec un broc permet de faire couler un peu d'eau pour dissiper l'odeur d'urine.

Comment aménager un coin toilette dans une chambre

POUR LIMITER LA CONSOMMATION D'EAU DANS CETTE MAISON ISOLÉE QUI N'EST PAS RACCORDÉE AU RÉSEAU, LES TOILETTES SÈCHES EN EXTÉRIEUR SONT PRIVILÉGIÉES. TOUTEFOIS, IL EST BIEN COMMODE DE POUVOIR URINER À TOUTE HEURE À PROXIMITÉ DE SON LIT. D'OÙ CET AMÉNAGEMENT À L'ANCIENNE QUI NE LAISSE PAS DEVINER AU PREMIER COUP D'ŒIL SES FONCTIONS CACHÉES.

MATÉRIEL

- UNE CHAISE PERCÉE ANCIENNE
- UNE COIFFEUSE
- UN SALADIER EN INOX
- UNE PETITE VASQUE À POSER ET SA BONDE
- UNE GRILLE, UNE BONDE ET LES RACCORDS DE PLOMBERIE
- UNE ARRIVÉE D'EAU FROIDE EN CUIVRE
- DEUX ÉCOULEMENTS EN PVC
- UN PETIT ROBINET DE JARDIN EN LAITON
- UNE PERCEUSE
- DU SILICONE
- DU CARRELAGE HEXAGONAL, DE LA COLLE ET DU JOINT

1 Pour délimiter visuellement le coin toilette dans la chambre sans monter de cloison, au moment de la pose du parquet, on a inclus des carreaux de même épaisseur. L'ensemble est collé, puis les carreaux ont été jointoyés.

2 Le fauteuil pris en photo a été chiné dans une brocante : il comportait le couvercle et l'assise percée mais pas de contenant. Pour aller à l'économie, un simple saladier en Inox a été aménagé en vasque par l'ajout d'une bonde avec grille collée au silicone. La forme du fauteuil, avec son parement de bois tout autour, masque les raccords de plomberie et le tuyau d'écoulement. On l'aperçoit à peine derrière : il longe le mur pour rejoindre de vraies toilettes situées au rez-de-chaussée à l'aplomb de cette chambre, d'où l'emplacement du coin toilette.

3 La coiffeuse a été transformée en meuble de toilette par l'ajout de la vasque. L'installation de la plomberie a rendu nécessaire la réduction du tiroir (tout au plus y met-on sa brosse à dents).

4 Le robinet est un simple tuyau de cuivre cintré (voir p. 117). Il est recommandé de laisser sur le meuble un pichet afin de pouvoir verser un peu d'eau dans l'urinoir après usage.

Comment faire

une douche troglodytique

Inspirée par l'architecte Gaudí et par les constructions en cob, cette cabine de douche tout en courbes se niche dans une toute petite salle d'eau aménagée dans un angle, à laquelle on accède par deux portes en accordéon bricolées en bois sur un rail.

MATÉRIAUX

- UN RECEVEUR À CARRELER ET SA BONDE
- UNE BARRE DE DOUCHE AVEC ROBINETS
- UN SYSTÈME DE VENTILATION
- TROIS GRANDS CARREAUX DE GRÈS
- DE LA COLLE ET DU JOINT À CARRELAGE
- DES PLAQUES DE BÉTON CELLULAIRE
- DE LA COLLE À BÉTON CELLULAIRE
- DE L'ARGILE
- DE LA CHAUX HYDRAULIQUE (NHL 3,5) POUR LA MAÇONNERIE
- DE LA CHAUX AÉRIENNE (CL 90) POUR L'ENDUIT DE FINITION
- DU SABLE FIN
- UN ADDITIF HYDROFUGE
- UNE VITRE DE RÉCUPÉRATION
- DES CHUTES DE GRILLAGE
- DES PLANCHETTES (BOIS OU PLACO)
- DES PETITES ÉQUERRES
- UN ÉCLAIRAGE DE MINISPOTS À LEDS ENCASTRABLES (POUR TERRASSE) IP 44
- UN MORCEAU DE GAINE (FACULTATIF)
- DE LA PEINTURE POUR VERRE
- DU VERNIS EN BOMBE
- DES ÉCLATS DE FAÏENCE ET DE MIROIR
- DES GALETS PLATS ET AUTRES ORNEMENTS
- DES VERRES (À BOIRE) COLORÉS

OUTILLAGE

- DES CHEVILLES, DES VIS ET UNE VISSEUSE
- UN SEAU ET UNE TRUELLE POUR MÉLANGER
- UNE SCIE ÉGOÏNE POUR LE BÉTON CELLULAIRE
- UNE SPATULE DENTELÉE À COLLE
- UNE GROSSE ÉPONGE
- DES GANTS ÉTANCHES

1 Faire poser par un plombier, si ce n'est pas déjà fait, le receveur à carreler de douche à l'italienne avec sa bonde encastrée, ainsi que l'arrivée des tuyaux (sur la photo, cachée dans le doublage du mur derrière le placo).

2 Préparer le fond des murs : sur les photos, l'un en placo hydrofuge et l'autre en pierres irrégulières. Fixer des tablettes en planches (ou en chutes de placo) avec des équerres aux endroits choisis.

3 Mouiller le mur. Dissoudre l'argile dans l'eau, la mélanger à parts égales avec du sable et de la chaux hydraulique (comme la finition sera à la chaux, pour faciliter l'adhérence, il est bon qu'il y ait de la chaux dans ce premier mélange, mais c'est surtout l'argile qui sert à coller). S'en servir comme enduit épais pour enrober ces tablettes et former les poches murales, en s'aidant des chutes de grillage pour façonner les arrondis. S'assurer que les plans horizontaux sont légèrement inclinés vers l'extérieur pour éviter la stagnation de flaques. On peut ajouter d'autres ornements comme des demi-bols cassés ou des éclats de miroir encadrés d'un petit bourrelet d'enduit.

4 En profiter pour fixer dans des plots d'enduit le câble les minispots en choisissant soigneusement ce qu'ils éclaireront sans éblouir. Ils sont reliés en série sur un câble. On peut mettre les derniers de côté pour qu'ils éclairent les verres colorés inclus dans la paroi de droite. Le transfo sera branché en dehors de la cabine de douche (le câble est très long, on le fera courir en angle dans la salle d'eau sous un enduit). Quant au morceau de gaine qu'on

voit, qui sera caché dans l'enduit, il a été prévu pour évacuer l'eau de l'une des poches murales si l'on y met une plante décorative.

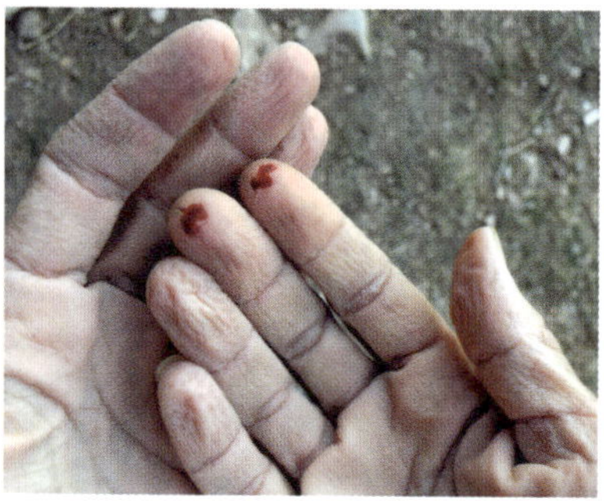

Tout se fait à la main pour modeler les courbes organiques, mais ne pas oublier de porter des gants en plastique, car la chaux est très corrosive et poursuit son action destructrice sur la peau même après le contact ! (Se laver au vinaigre blanc pour stopper l'effet.)

5 Peindre des motifs sur les grands carreaux de grès avec la peinture pour verre, puis fixer avec plusieurs couches de vernis en bombe. Les coller au mur à la colle à carrelage, à l'aide de la spatule dentelée.

6 Pour combler l'espace entre les carreaux et le mur bosselé, réaliser une mosaïque à base d'éclats d'assiettes brisées, de petits galets, de perles de verre (ou autres ornements supportant l'eau)..

7 Peindre aussi la vitre qui sera incluse dans la cloison de gauche pour laisser passer la lumière de la fenêtre.

8 Monter les murs en béton cellulaire découpé (facilement) à la

scie égoïne, collé avec la colle *ad hoc* (mélangée à de l'eau dans un seau, à la truelle). On peut inclure les verres colorés (visibles à droite) et prévoir de les éclairer par certains des minispots encastrés, ainsi que le vitrage peint. Pour modeler les arrondis, on peut utiliser le même mélange argile-chaux-sable.

9 Jointoyer le carrelage et la mosaïque. Passer une éponge humide dès qu'il a un peu tiré.

10 Recouvrir le mur bosselé et les murs de béton cellulaire d'un enduit à la chaux aérienne (un tiers de chaux CL 90 pour deux tiers de sable fin) auquel on ajoute de l'hydrofuge.

11 Au sol, coller du carrelage en galets émaillés d'ornements au choix (sur la photo, un galet de verre avec une illustration collée dessous, ainsi que des petites tranches de verre vénitien « millefiori »). Faire les joints.

12 Faire poser le robinet par le plombier et raccorder l'éclairage à une prise et à un interrupteur IP 44 plus loin dans la salle d'eau (l'éclairage y est pour beaucoup dans le charme de la douche).

COMMENT FAIRE

un robinet économique

JE NE VAIS PAS VOUS FAIRE CROIRE QUE JE SAIS FAIRE DE LA PLOMBERIE ET PRÉTENDRE DONNER DES EXPLICATIONS, MAIS PLUTÔT PARTAGER ICI UNE IDÉE QUE J'AI DEMANDÉ À MON PLOMBIER DE RÉALISER AU MOMENT DE L'INSTALLATION DES SALLES DE BAINS, POUR ÉVITER D'AVOIR À ACHETER DE COÛTEUX ROBINETS DONC LES BECS RUTILANTS D'INOX NE M'ONT JAMAIS CHARMÉE.

La vasque et les carreaux artisanaux ont été réalisés par une adorable potière polonaise qui vend sur Etsy sous le nom de Dekorna.

MATÉRIEL

- DES TUYAUX DE CUIVRE
- UN OU DEUX PETITS ROBINETS DE JARDIN
- DES RACCORDS ET UN T SI C'EST UN DOUBLE
- UN COLLIER DE FIXATION
- UNE CINTREUSE
- DU PAPIER ABRASIF
- DE L'HUILE DE LIN

Demander au plombier, s'il est compréhensif, d'accepter de rendre le tuyau de cuivre apparent et d'en cintrer l'extrémité selon un joli arrondi. Tester le jet d'eau avant d'abraser. Poncer la coupe, puis protéger à l'huile de lin.

Comment faire un carrelage en couvercles de faïence

TOUTE CETTE VAISSELLE DÉPAREILLÉE QUI ENCOMBRE LES BACS DES BOUTIQUES EMMAÜS ET AUTRES RECYCLERIES… ET SI ON EN FAISAIT DU CARRELAGE ? PROJET DÉCO INSOLITE À TROIS SOUS.

MATÉRIEL

- DES COUVERCLES DE THÉIÈRE ET DE SOUPIÈRE
- DU MORTIER-COLLE À CARRELAGE
- DU JOINT À CARRELAGE (POUR JOINTS ÉPAIS)
- UNE TRUELLE
- UNE SPATULE DENTELÉE
- UNE SPATULE SOUPLE
- UNE ÉPONGE
- DES GANTS DE PROTECTION

1 Disposer au sol les couvercles pour tester leur agencement. Conseil artistique : commencer par placer les plus gros, puis les moyens et en dernier les petits, qui occuperont les espaces vacants. Mettre ses préférés en haut, à hauteur des yeux.

2 Préparer le mortier-colle selon les indications du paquet. L'appliquer généreusement à la truelle sur le mur sec et propre.

3 Passer la spatule dentelée pour tracer des sillons épais horizontalement et verticalement.

4 Appliquer les couvercles un par un en suivant l'agencement prévu. Généralement, quand on pose du carrelage, on commence par le bas. Nettoyer sa truelle et laisser sécher le mur.

5 Quand le mortier est bien sec, consolider l'accroche avec une couche épaisse de joint à carrelage. Cette fois, pour l'étaler, on utilisera plutôt la spatule souple, pour suivre les arrondis.

6 Attendre un peu, mais pas jusqu'au séchage complet, puis passer délicatement une éponge humide pour retirer le surplus de joint sur les bords de la faïence. Lisser l'ensemble. Laisser sécher. Il suffira de gratter les traces qui restent quand tout sera sec.

7 Si cette mosaïque prolonge un mur lisse, on peut peindre l'ensemble (mur et joints) avec de la peinture adaptée. Sur la photo, il s'agit d'un mur de douche, donc les aspérités des couvercles peuvent servir à accrocher un savon ou un autre accessoire de toilette muni d'un petit cordon.

Une autre idée de vaisselle dépareillée intégrée dans une salle de bains : des bouchons de carafe en verre insérés dans le mur, à usage de patères.

Ci-dessus, la fenêtre aux courbes "art déco" a été réalisée en incluant un double vitrage (récupéré d'une fenêtre de la déchetterie, après démontage du cadre) dans une paroi en carreaux de plâtre. On a ensuite maçonné le plâtre en suivant ces courbes, qui font disparaître la forme rectangulaire d'origine.

COMMENT FAIRE

une crédence de lavabo en bois foudroyé

POUR RÉALISER CE COIN TOILETTE D'UNE CHAMBRE DE JEUNE HOMME, ON A CONVOQUÉ L'ÉNERGIE YANG DU FEU. LES EXPLICATIONS POUR MENER CETTE EXPÉRIENCE SONT SEULEMENT ESQUISSÉES CI-DESSOUS, MAIS ELLES PEUVENT SERVIR D'INSPIRATION POUR DES CRÉATIONS DÉCO. FASCINANT À TESTER SOI-MÊME !

MATÉRIEL

- UN LAVABO EN TECK
- UN MORCEAU DE CONTREPLAQUÉ
- DES CHUTES DE CHEVRON
- UN MORCEAU DE BOIS D'OSSATURE
- DES ROBINETS À ENCASTRER
- UNE BONDE, UN SIPHON ET LES RACCORDS DE PLOMBIER
- DU BICARBONATE DE SOUDE
- UN FOUR À MICRO-ONDES EN PANNE
- DES MORCEAUX DE FIL ÉLECTRIQUE
- DES CONNECTEURS (WAGO)
- UNE PLANCHETTE SOLIDE
- DES VIS ET UN TOURNEVIS
- DE L'HUILE DE LIN
- UN PINCEAU
- UNE PERCEUSE

1 Suivre un tuto pour apprendre à démonter un four à micro-ondes : il s'agit de récupérer le transformateur et l'alimentation électrique. Je préfère ne pas prendre la responsabilité de l'expliquer ici : je me suis fait aider par un électricien. À noter : c'est une manipulation qui peut être dangereuse, donc rester prudent. On trouve facilement toutes les explications et précautions en cherchant des informations sur les figures de Lichtenberg (le dessin que forme la foudre). Car il s'agit bien de cela ! Le transformateur sera fixé sur une planche de support et (au dernier moment) branché sur le secteur au moyen du câble et de la fiche électrique récupérés également sur le four. Deux câbles en sortent, un rouge et un bleu, dont on entortille l'extrémité autour de deux vis faisant électrodes.

2 Choisir un morceau de contreplaqué dont la taille conviendra pour faire le fond du coin toilette. Le mettre à plat sur une table et le badigeonner d'une substance conductrice faite d'eau additionnée de bicarbonate de soude. Visser à peine les deux vis, bien écartées, sur la planche de contreplaqué, se reculer et brancher le courant : en quelques instants, la flamme va courir et brûler le bois en formant ce dessin fascinant. Stopper avant que les dessins de chacune des électrodes se rejoignent.

3 Fabriquer un caisson qui cache les tuyaux avec cette plaque vissée sur des chutes de chevron. La percer et installer les robinets.

4 La planche horizontale au-dessus est un morceau d'ossature bois qu'on a fait brûler au feu selon la technique japonaise *yakisugi*.

5 Tout passer à l'huile de lin pour protéger des projections d'eau, et finaliser la disposition sur le support du lavabo (réalisé par coffrage en béton brut).

Comment faire

une paroi de douche avec des bouteilles

SUR LES PAS DE L'ARCHITECTE HERBERT HUNDERTWASSER, UNE DOUCHE HAUTE EN COULEURS QUI LAISSE PASSER LA LUMIÈRE DU JOUR ET SE PARE, À LA NUIT TOMBÉE, DE REFLETS PROJETÉS AU PLAFOND PAR LES LEDS INCLUSES. UN VRAI BONHEUR QUE DE CHINER TOUS CES FLACONS EN VIDE-GRENIER !

MATÉRIEL

- DES BOUTEILLES EN VERRE DE COULEUR
- DES BRIQUES
- DU PLÂTRE
- DE LA COLLE FORTE
- DE LA PEINTURE BLANCHE POUR SALLE D'EAU
- DU VERNIS MAT
- UN KIT DE 10 LAMPES À LED POUR TERRASSE

reliées par des fils de 10 m à un transformateur, environ 50 € en magasin de bricolage

1 Positionner les bouteilles au sol pour faire le choix de la composition.

2 Monter la première moitié du mur en briques, puis ménager à mi-hauteur des niches dans lesquelles tiendront les petits groupes de bouteilles.

3 Prendre soin de faire courir les fils des leds afin que certaines ampoules éclairent les bouteilles incluses dans le mur et d'autres celles qui seront posées au-dessus. Comme ce sont des leds prévues pour un usage extérieur, elles supportent l'humidité et affleurent sans dépasser. Prévoir d'installer le transformateur et la prise loin de la douche (les fils sont très longs).

4 Faire tenir les bouteilles dans chaque niche et remplir de plâtre à l'aide d'un support derrière servant de coffrage. Les faire affleurer à la surface côté extérieur de la douche. Côté intérieur, si elles sont moins épaisses que la paroi de la douche, on pourra creuser dans le plâtre des petites niches aux arêtes douces.

5 Quand le plâtre est bien sec, peindre puis appliquer un vernis mat.

COMMENT FAIRE une douche en mosaïque

INSPIRÉE DES MERVEILLEUSES MOSAÏQUES MULTICOLORES DE NIKI DE SAINT PHALLE, AU JARDIN DES TAROTS, EN TOSCANE, CETTE DOUCHE CUMULE DES PETITS TRÉSORS AUTOUR DU DESSIN D'UN ARBRE QUI N'EST QUE LE PRÉTEXTE À LEUR EXPOSITION.

MATÉRIEL

- UNE STRUCTURE EN PLACO HYDROFUGE
- UNE BARRE DE DOUCHE ET SES ROBINETS
- UN RECEVEUR DE DOUCHE À L'ITALIENNE À CARRELER
- DU PRODUIT D'ÉTANCHÉITÉ SOUS CARRELAGE
- DES GALETS PLATS (BLANCS)
- DU CARRELAGE
- DE LA COLLE À CARRELAGE ET DU JOINT
- UNE SPATULE À COLLE CRANTÉE ET UNE ÉPONGE
- UN POT À PLANTES CUBIQUE (POUR LA NICHE)
- ORNEMENTS QUI NE CRAIGNENT PAS L'EAU (COQUILLAGES, BOUTONS, PERLES, BIJOUX, DÉS, FAÏENCE, PETITE CLÉ... ET DES GALETS DE VERRE
- DES IMAGES À COLLER SOUS LES GALETS DE VERRE
- DE LA PEINTURE MURALE QUI RÉSISTE À L'EAU

1 Peindre le mur de l'arbre avec le produit d'étanchéité sous carrelage (il en existe des écologiques à base de caoutchouc). Recouvrir de peinture. Les murs blancs sont à la chaux.

2 Réunir les petits objets ornementaux et les grouper esthétiquement. Sur la photo, on a fait le choix d'imprimer une petite illustration représentant un oiseau, de la coller derrière un galet de verre (protégé ensuite, au dos, par le même produit d'étanchéité caoutchouteux), puis de l'entourer de toutes sortes d'objets déoratifs décomposant les teintes utilisées dans l'image : ça donne une cohérence visuelle à chaque groupement.

3 Dessiner l'arbre au mur et coller les galets blancs, émaillés de quelques éclats de vaisselle cassée. Coller ensuite les « fruits », répartis de façon harmonieuse.

4 Le mur de droite (invisible sur la photo) est recouvert de carreaux noirs comme derrière le pommeau de douche. En vert, ce sont des petits carreaux de verre. On a percé le placo pour y caser la jardinière cubique à usage de niche porte-savon. Les galets blancs collés sur le receveur remontent en bas des murs pour renforcer l'étanchéité et encadrent la niche.

5 Effectuer les joints (noirs autour des carreaux noirs, blancs partout ailleurs). Nettoyer à l'éponge humide une fois que le joint a un peu tiré. Les finitions de la mosaïque se font au doigt, c'est minutieux...

Comment réaliser une piscine d'intérieur

Avoir chez soi un bassin d'intérieur chauffé et néanmoins rester dans une démarche un peu écologique, c'est une sacrée gageure. Une page ne suffira pas à rédiger un manuel de construction, mais il est possible de partager quelques astuces.

Astuce économique : si l'on fait le bassin avant le bâtiment qui l'abrite, plutôt que de le maçonner, il est moins cher de faire livrer une cuve de citerne en béton (ces dimensions existent), si possible en demandant le carottage des parois aux endroits prévus pour l'équipement (le skimmer, les deux buses de refoulement classiques, la buse du vortex, la prise balai, la nage à contre-courant en option, la bonde de fond également optionnelle).

Par ailleurs, il est judicieux de prévoir des toilettes (à séparation, par exemple) juste à côté, car la baignade et les soins aquatiques activent la circulation et favorisent l'envie d'uriner. Le petit sauna adjacent équipé d'un poêle au feu de bois, avec douche, sert de cabine pour se changer.

Les plans

Notre objectif était très ambitieux : un bassin permettant de pratiquer du watsu (sorte de shiatsu dans l'eau), ce qui nécessite une température constante de l'eau à 35 °C et de l'air à 28 °C. Profondeur requise : 1,20 m. Dimensions minimales choisies pour cette activité : 2,40 x 3 m.

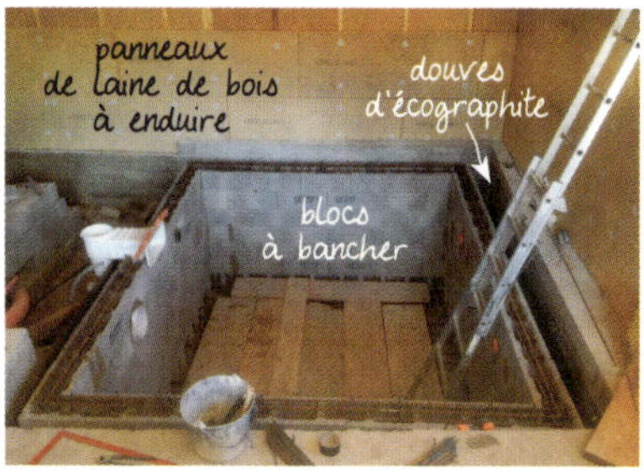

Objectif écologique : imiter le principe du thermos pour laisser s'échapper le moins possible de calories. Nous avons donc tout misé sur l'isolation et renoncé aux ouvertures sur l'extérieur (ponts thermiques) : la pièce du bassin ne s'ouvre que sur une véranda, en enclave dans celle-ci, elle-même exposée plein sud. Le bassin réalisé en blocs à bancher est rectangulaire. Les trois marches ont été coffrées dans un second temps, la deuxième, plus longue, permettant une assise sous le niveau d'eau.

L'isolation

La pièce est une ossature bois remplie de panneaux de laine de bois souples de 20 cm d'épaisseur, doublés de panneaux rigides de laine de bois à enduire épais de 6 cm. Sous toiture, 35 cm de ouate de cellulose. Les 30 cm de chape ont été réalisés en béton adjoint d'écographiste, un matériau méconnu, ultraléger, imputrescible, au très fort pouvoir isolant (un lambda de 0,03 pour ceux à qui ça parle !), réalisé à partir de carbone expansé. Il se présente sous la forme de petites billes que l'on peut mélanger au béton ou (plus efficace) utiliser en vrac.

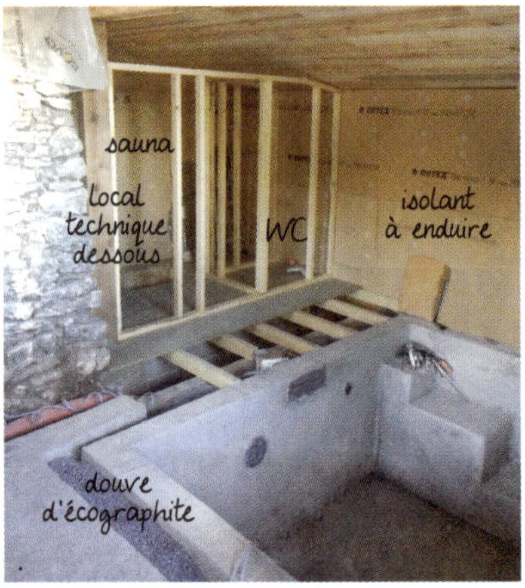

On a monté les murs du bassin avec des blocs à bancher ferraillés, de façon classique, tout en ménageant un espace autour (comme des douves) de 20 cm de largeur dans lequel on a déversé ces billes d'écrographite, soit quasiment un R de 7. Une fois le bassin fini, on a fait faire une bâche isolante sur mesure, qui est déroulée après chaque bain, le système d'enrouleur à manivelle fait maison étant caché dans un banc en bois (voir p. 131).

Le local technique

On a profité de la présence de la tractopelle pour creuser également le local technique en souterrain : il est situé sous le sauna adjacent, accessible par une trappe. Il comprend la pompe, le filtre à sable, la pompe de la nage à contre-courant ainsi qu'un échangeur thermique qui chauffe l'eau. Prévoir dans la pièce du bassin un thermomètre et un hygromètre, à contrôler quotidiennement.

Le chauffage

La maison est équipée de six panneaux solaires, des absorbeurs, qui maintiennent chaud un gros ballon tampon isolé de 1 000 litres, lequel est également chauffé par deux poêles à bois bouilleurs (une cuisinère et un insert au salon) : dès qu'on fait du feu, 80 % des calories partent dans ce ballon tampon, qui alimente les radiateurs de toute la maison et l'échangeur de la piscine. Celui-ci se déclenche selon les consignes du thermostat électronique branché sur le circuit. Le maintien constant de l'eau à 35 °C ainsi que la position d'enclave dans la véranda suffisent à chauffer l'air de la pièce entre 25 et 30 °C sans radiateur.

L'humidité

Dans une pièce chauffée à 28 °C, le point de rosée (donc la condensation sur les fenêtres) est atteint quand le vitrage accuse une différence de 7 °C, donc quand il fait 21 °C de l'autre côté : d'où l'absence de contact des doubles vitrages avec l'extérieur, mais seulement avec la véranda. Il suffit de maintenir celle-ci à 21 °C pour qu'il n'y ait pas de buée, laquelle dégrade les boiseries et favorise les moisissures. Le système de ventilation par condensation est expliqué p. 134. Il est néanmoins conseillé d'aérer la pièce après chaque bain.

Le traitement de l'eau

La piscine a été remplie avec de l'eau de pluie collectée dans une citerne (donc douce, sans produits chimiques ni calcaire). Elle est seulement filtrée par le filtre à sable, pour ce qui est des particules, et sa purification (anti-algues, anti-bactéries) est uniquement assurée par le système de vortex en cuivre décrit p. 132. L'eau est légèrement verte, comme dans les bassins naturels de baignade, mais elle reste stable et translucide. (J'ai fait le test de la transformer en tisane géante en y faisant tremper un coussin de gaze contenant un gros bouquet de lavande : hum, l'eau est devenue couleur… tisane !)

La déco

La finition du bassin a été réalisée par plusieurs couches d'enduit étanche. Il en existe sans COV ni bisphénol (voir le site 7etanche.fr). On a délibéméent fait un enduit lisse sur les bords du bassin, légèrement matiéré au fond et un peu plus granuleux encore sur les marches, afin de prévenir tout dérapage. Pour éviter le marquage difficile à nettoyer de la ligne d'eau, une rangée de carreaux a été posée en haut des murs immergés. Les margelles tout autour du bassin sont en fait des nez de marche en travertin (moins épais, plus faciles à harmoniser avec le carrelage au sol). Sur les murs, pour protéger l'isolant de l'humidité, une accroche bloquante a été réalisée avec de la colle à carrelage, puis on a fait un stuc à base de chaux aérienne et de poudre de marbre.

Le banc où s'enroule la bâche flottante a été réalisé en lames de terrasse, puis passé à l'huile de lin en plusieurs couches, de même que les boiseries des vitrages. L'intimité le long de la paroi vitrée est assurée par des stores de bambou naturel. Il est conseillé de les garder enroulés le reste du temps, sinon ils favorisent la stagnation de buée entre eux et le vitrage, donc la moisissure.

De nombreuses plantes ont été installées, suspendues, en pots et sur le mur végétalisé. La plupart apprécient la forte humidité dans l'air mais certaines ne supportent pas la chaleur : à choisir avec soin au rayon des plantes tropicales. Les plantes aériennes (sans terre ni arrosage) se portent bien. Les coussins flottants sont fortement appréciés des baigneurs cherchant la relaxation. Prévoir aussi des gobelets et une carafe incassables : des débris de verre à proximité du bassin, invisibles dans l'eau, auraient des conséquences désastreuses sur la sécurité des usagers.

La lumière

L'éclairage est assuré par des bandes de LED en bordure de plafond cachées par des planches pour mettre en valeur la matière du mur sans éblouir. Il est bon de prévoir un variateur pour le spot immergé : on aura besoin de puissance pour nettoyer le bassin mais d'une lumière tamisée pour se baigner. Dans les toilettes adjacentes, le plafonnier s'allume par détecteur de mouvement afin qu'aucun risque ne soit pris de manipuler des interrupteurs avec les mains mouillées.

Le fond sonore

Le vortex de cuivre fait un bruit de fontaine que certains peuvent trouver trop présent. On peut couper le robinet le temps du bain et privilégier une ambiance musicale. La musique est diffusée par un lecteur mp3 encastré dans la cloison en bois. Il a été choisi au rayon des équipements pour bateau afin de supporter l'humidité (Magnetol de LTC Promarine). Pour cacher les enceintes, on a mis des paniers vapeur asiatiques en bambou. Une autre paire est encastrée à l'intérieur du sauna. Il est conseillé de prévoir une playlist adaptée sur une clé USB à demeure, car la relaxation en eau chaude est vite perturbée si les sons s'avèrent trop rythmés.

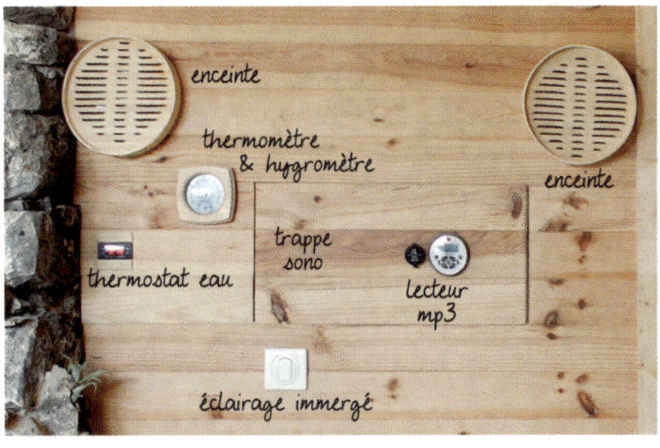

L'entretien

La pompe (250 W) est prévue pour fonctionner 24 h/24. Si l'usage de la piscine est intensif, un backwash de 30 secondes sera nécessaire toutes les semaines : le filtre est très sensible, le moindre encrassement provoque une baisse de pression qui se voit aussitôt sur le vortex, lequel ne s'écoule plus aussi vivement. Il est conseillé de prévoir un robinet à proximité immédiate de la piscine pour ajouter facilement de l'eau après chaque backwash. Pour nettoyer l'eau au quotidien, deux accessoires sont à prévoir : une épuisette pour les petites particules flottantes (fourmis ou feuilles des plantes alentour) et un petit robot rechargeable, qui se présente sous forme de balai électrique et que l'on passe au fond depuis la margelle en quelques minutes.

Le banc qui cache l'enrouleur

Pour préserver la beauté du lieu, conçue comme faisant partie des effets vertueux du bain de relaxation, pas question de laisser apparente la bâche à bulles. En outre, il fallait trouver un système très facile à opérer au quotidien, afin que l'accès au bassin soit rendu possible à tout moment. Un banc a donc été fabriqué, dont la longueur excède la largeur de la piscine, afin que la bâche puisse y coulisser dans une encoche au bas de sa façade. L'axe en aluminium est fixé entre deux rotules à roulement à billes. La bâche est maintenue sur cet axe par des sangles rivetées. Un mécanisme de déport de rotation a été bricolé avec une roue crantée et un ancien mandrin de perceuse en panne, dont seul l'embout dépasse du banc et sur lequel on enfile une manivelle. Il suffit donc de l'actionner à l'horizontale sur l'assise du banc pour que la bâche s'enroule et disparaisse à l'intérieur. Pour couvrir le bassin, on la tire depuis l'eau.

Comment fabriquer

un banc-enrouleur

Comment installer

un vortex en cuivre pour traiter une piscine sans chlore ni sel

GARDE-FORESTIER ET NATURALISTE AUTRICHIEN, VIKTOR SCHAUBERGER (1885-1958) EST AUSSI UN INVENTEUR DE GÉNIE MÉCONNU, ÉCOLOGISTE AVANT L'HEURE. « OBSERVER, COMPRENDRE ET COPIER LA NATURE » ÉTAIT SON CREDO, QU'IL A APPLIQUÉ NOTAMMENT À L'EXAMEN MINUTIEUX DE LA DYNAMISATION NATURELLE DE L'EAU DES TORRENTS. À PARTIR DE SES ÉTUDES, SON FILS, WALTER, A MIS AU POINT UN ENTONNOIR EN CUIVRE CAPABLE DE TRAITER L'EAU D'UN BASSIN OU D'UNE PISCINE SANS AUCUN PRODUIT CHIMIQUE. TESTÉ À LA MAISON : C'EST JUSTE GÉNIAL !

MATÉRIEL

- UN ENTONNOIR EN CUIVRE À VORTEX SUR PIED
  réalisé sur mesure par la société alsacienne Maricom Jardin
- UN RACCORD EN OR ET UN RACCORD EN ARGENT
  montés sur le matériel en cuivre par le fabricant, en option
- UNE VASQUE
  d'un diamètre adéquat pour recevoir la corolle d'eau
- LES RACCORDS DE PLOMBERIE, Y COMPRIS UN ROBINET
- PAR AILLEURS, UNE POMPE ET UN FILTRE À SABLE

1 Dessiner et concevoir l'installation bien en amont afin d'encastrer toute la plomberie. Le principe est le suivant : l'eau de la piscine est classiquement aspirée dans le skimmer par une pompe menant à un filtre à sable ; c'est à la sortie de ce filtre que le circuit diffère : une partie de l'eau propulsée vers les buses de refoulement est déviée vers le tuyau de cuivre qui mène au sommet de l'entonnoir (sur la photo, en haut à droite), après passage par le raccord en or et en argent, des métaux qui génèrent de l'or colloïdal et de l'argent colloïdal (antiseptiques puissants). Elle tourne en vortex dans l'entonnoir, ce qui la dynamise, avant d'être oxygénée sous forme de corolle au-dessus d'une vasque, d'où elle repart vers la piscine et s'y écoule par une autre buse de refoulement. Le robinet permet d'ajuster la pression pour que le vortex d'eau soit bien tonique sans déborder.

2 Il en résulte (testé pour vous depuis six mois avec une eau de bassin thérapeutique chauffée à 35 °C) un traitement naturel contre les bactéries et les algues impeccable, sans aucun ajout de produits chimiques (stabilisateur, traitement du PH, etc.) : rien du tout, juste ce matériel en cuivre inusable. On ne peut pas faire plus écologique...

COMMENT FAIRE

un déshumidificateur par condensation

UN DISPOSITIF SANS BRANCHEMENT ÉLECTRIQUE QUI CONTRIBUE À MAINTENIR UNE HYGROMÉTRIE DE LA PIÈCE ENTRE 50 ET60 % COMME SOUHAITÉ, COUPLÉ AVEC UNE AÉRATION NATURELLE.

MATÉRIEL

- DES CONDUITS D'AÉRATION EN ACIER ZINGUÉ (DIAMÈTRE 125 MM)
- LES COUDES CORRESPONDANTS (AU BESOIN, DU CONDUIT SOUPLE EN ALUMINIUM)
- DEUX CONDUITS À AILETTES (CONSEILLÉS MAIS PAS INDISPENSABLES)
- UN T DE MÊME DIAMÈTRE
- UN BOUCHON POUR LE BAS DU TUBE
- DEUX GRILLES RÉGLABLES POUR L'INTÉRIEUR
- UNE GRILLE ANTI-INSECTES POUR L'EXTÉRIEUR
- DES PATTES DE FIXATION

1 Percer le mur de la pièce où est la piscine, en point bas, afin d'y passer l'un des tuyaux d'aération, et fermer son accès, dehors, par un bouchon grillagé qui empêchera les insectes de rentrer. Assurer l'étanchéité selon le matériau dont le mur est composé.

2 À l'intérieur, percer également la cloison entre cette pièce et celle qui lui est contiguë, en point haut. Fermer par une grille depuis cette autre pièce.

3 Fixer les conduits et les raccords en coudes reliant ces deux extrémités, en incluant les conduits à ailettes verticalement, au-dessus du T. Dans sa partie verticale, le conduit doit être déporté du mur afin de ne pas le toucher et éviter la fixation de l'humidité dessus. Fermer le bas du T avec le bouchon et l'entrée latérale avec la grille réglable.

4 Fonctionnement : l'air provenant de l'extérieur sera forcément plus froid que celui d'une piscine d'intérieur chauffée, donc le tube sera froid. Cette différence de température attirera l'humidité dans l'air, qui s'y fixera par condensation avant de ruisseler le long du métal et de s'égoutter au sol. Sur la photo, on a profité de cette configuration pour ajouter un petit jardin en bas du tube, qui profite de cette humidification. À défaut, l'eau s'écoule sur le sol et rejoint une bonde. L'autre intérêt de ce dispositif est qu'il permet une arrivée d'air frais dans la pièce de la maison contiguë à ce bassin (sur la photo, une véranda), mais de l'air qui n'est pas froid puisqu'il a été réchauffé par son parcours dans la pièce chaude. Il n'empêche qu'il est souhaitable de prévoir également une aération de cette pièce bassin, à la fois pour renouveler l'air et pour réguler l'hygrométrie.

DÉCO

Comment réaliser

un patchwork en échantillons de papier peint

UN PROJET DÉCO ZÉRO BUDGET, SINON LES QUELQUES EUROS DE LA COLLE À TAPISSERIE. DÉCOUPER QUELQUES MORCEAUX DE PAPIER PEINT DANS UN MAGASIN DE BRICOLAGE NE VOUS COÛTERA QU'UN SOURIRE À LA CAISSE.

MATÉRIEL

- DES ÉCHANTILLONS DE PAPIER PEINT
- DE LA COLLE À PAPIER PEINT UNIVERSELLE
- UN CUTTER
- UNE GRANDE RÈGLE
- UN CRAYON À PAPIER
- UNE ÉQUERRE
- UN MARTYRE (SUPPORT QUI NE CRAINT PAS LE CUTTER)
- UNE BASSINE
- UN PINCEAU EXTRA-LARGE
- UN CHIFFON

1 Préparer les échantillons de papier peint en les coupant bien droit au cutter à l'aide de l'équerre et de la règle.

2 Les disposer au sol pour choisir leur agencement. Placer ses préférés aux endroits stratégiques, puis combler les espaces avec ceux qui apporteront le meilleur contraste. On peut choisir de les faire se chevaucher ou pas.

3 Préparer la colle en versant de l'eau dans les paillettes, selon les quantités indiquées. Laisser reposer : elle va épaissir un peu.

4 Encoller les papiers, et éventuellement le mur aussi, pour faciliter la pose. Commencer par un coin du mur à angle droit. Maroufler avec le chiffon pour pousser les bulles d'air du centre vers l'extérieur de chaque morceau de papier. Veiller à ce que les bords soient bien encollés, au besoin en ajoutant de la colle au pinceau.

Comment faire de la peinture à la chaux

NATURELLE, ÉCOLOGIQUE ET DIX FOIS, VOIRE CENT FOIS MOINS CHÈRE QUE LA PEINTURE, LA CHAUX EST UN MERVEILLEUX MATÉRIAU QUI LAISSE RESPIRER LES MURS : ELLE CAPTE L'HUMIDITÉ ET EN ÉVITE LES REMONTÉES. ADDITIONNÉE DE PIGMENTS NATURELS, ELLE DONNE UNE BELLE MATIÈRE IRRÉGULIÈRE AUX TEINTES VELOUTÉES.

1 Les supports doivent être poreux : plâtre, brique, pierre, bois brut, placo, enduit frais ou sec. Sinon, utiliser un apprêt spécifique.

2 Mélanger la chaux et l'eau dans un seau. Si le mur présente des petits défauts à cacher, on pourra faire un chaulage un peu épais : 1 volume de chaux pour 1 volume d'eau. Si on vise seulement de la peinture décorative, on fait un badigeon, soit 1 volume de chaux pour 2 volumes d'eau. On pourra la diluer encore (1 pour 5) pour la dernière couche, afin de réaliser une eau-forte avec des effets colorés, voire une patine (1 pour 15).

3 Le chaulage s'applique plutôt brut. Le badigeon, lui, gagne à être additionné de caséine, qui sert de fixateur. La diluer dans un peu d'eau tiède et l'ajouter dans le seau.

4 Si on réalise un badigeon, une eau-forte ou une patine, ajouter les pigments choisis. Faire des tests de couleur en commençant par de toutes petites doses. Leur poids ne doit pas dépasser 10 % du poids de la pâte de chaux. Faire des essais sur le support jusqu'au séchage complet. Attention, c'est surprenant : la teinte perdra environ la moitié de son intensité en séchant !

5 Humidifier les murs au vaporisateur, puis les peindre comme avec une peinture ordinaire, en prenant soin de se protéger (le pH élevé est irritant). On peut aussi talocher le mur, selon l'effet désiré.

6 Appliquer ainsi deux ou trois couches, de plus en plus diluées, pour accentuer les contrastes.

MATÉRIEL

- CHAUX AÉRIENNE EN POUDRE (1 KG = ENVIRON 25 M²)
- CASÉINE EN POUDRE (50 G POUR 1 KG DE CHAUX)
- PIGMENTS NATURELS
- SEAU POUR LE MÉLANGE
- VAPORISATEUR
- GANTS ET PROTECTION POUR LES YEUX
- ROULEAU, BROSSE ET PINCEAU ORDINAIRES

COMMENT FAIRE

un mur de plantes

UN MUR VÉGÉTAL EN BONNE ET DUE FORME EST UN PROJET COMPLEXE QUI NÉCESSITE UN DISPOSITIF D'ARROSAGE INTÉGRÉ AINSI QU'UNE PROTECTION DU MUR EXISTANT ET UNE RÉCUPÉRATION DE L'ÉCOULEMENT D'EAU. CE PRINCIPE EST BEAUCOUP PLUS SIMPLE : IL S'AGISSAIT JUSTE D'AGRÉMENTER UN VIEUX MUR DE PIERRES MAL JOINTOYÉ POUR Y AJOUTER DES ESPACES PERMETTANT D'INCLURE DES PLANTES. PLUS FACILE À RÉALISER QU'IL N'Y PARAÎT.

MATÉRIEL

- EXISTANT : UN MUR DE PIERRES APPARENTES
- DES PIERRES PLATES ET FINES
- DE LA CHAUX HYDRAULIQUE (NHL 3,5)
- DU SABLE
- UN MARTEAU
- UNE TRUELLE
- UN SEAU
- DES GANTS ÉTANCHES
- UNE GROSSE ÉPONGE OU UN VAPORISATEUR
- UNE BROSSE MÉTALLIQUE

1 Décroûter le mur si besoin : retirer les éventuels morceaux qui s'effritent.

2 Repérer dans la disposition existante les failles horizontales qui permettraient d'enfoncer une pierre servant de support. Choisir celles que l'on pourra y glisser, au besoin en les taillant par des coups de marteau sur un support dur.

3 Préparer le mélange en comptant un tiers de chaux pour deux tiers de sable. La couleur du sable teintera l'enduit, mais il sera éclairci par la chaux (il est toujours plus clair une fois séché). Mélanger à la truelle dans un seau en ajoutant autant d'eau que nécessaire afin d'obtenir un enduit d'une consistance épaisse facile à manipuler.

4 Mouiller le support au vaporisateur ou à l'éponge, tremper également les pierres dans l'eau et les faire tenir avec l'enduit. Travailler à la main, mais toujours avec des gants : la chaux attaque très vivement la peau et agrandit gravement la moindre entaille.

5 Coller également à l'enduit des pierres plates choisies pour former les côtés des excroissances, de forme soit rectangulaire, soit triangulaire. On peut aussi faire tenir une seule pierre soit à l'horizontale, comme un plateau sur lequel on posera un pot, soit à peine décollée du mur, de façon à former une anfractuosité dans laquelle on glissera des plantes aériennes (de type tillandsia), qui n'ont pas besoin de terre. Lisser l'enduit à l'éponge mouillée.

6 Au bout de quelques heures (mieux vaut ne pas attendre le lendemain), quand l'enduit a tiré, brosser vigoureusement à la brosse métallique pour mettre en valeur les pierres et adoucir les joints. Après séchage, garnir de plantes en pot ou aériennes.

excroissance cubique

excroissance pointue

excroissance plate

COMMENT FAIRE

une crédence de cuisine sans carrelage

POUR JOUER À HABILLER UN MUR DERRIÈRE UN PLAN DE TRAVAIL, DEUX ASTUCES ICI QUI NE COÛTENT PAS CHER : UNE FRISE DE MOSAÏQUE RÉALISÉE AVEC DES PETITES CHOSES TROUVÉES PAR TERRE, GALETS, COQUILLAGES ET AUTRES TRÉSORS, ET UN MUR PEINT AU ROULEAU À MOTIFS.

MATÉRIEL

- DES CAILLOUX, COQUILLAGES, MORCEAUX DE BOIS OU DE VERRE
- DES GALETS DE VERRE PLATS
- DU PAPIER ET UNE IMPRIMANTE
- DE LA COLLE LIQUIDE EN TUBE
- DE LA COLLE À CARRELAGE
- DU JOINT À CARRELAGE
- DE LA PEINTURE
- UN ROULEAU-TAMPON À MOTIFS
- DU VERNIS MURAL TRANSPARENT MAT

1 Peindre le mur de la couleur du fond, puis, à l'aide du rouleau-tampon peu enduit de peinture d'une autre couleur, marquer les motifs de façon irrégulière.

2 Imprimer de petites images de la taille des galets de verre. Les coller au dos et recouvrir généreusement de colle le verso du papier pour le protéger de l'humidité.

3 Disposer tous les éléments décoratifs jusqu'à former une jolie frise.

4 Coller ces éléments à la colle à carrelage.

5 Quand elle est bien sèche, effectuer les joints au doigt (c'est long et minutieux), en essuyant bien avec une éponge avant séchage, au fur et à mesure.

6 Quand tout est sec, vernir la frise et le mur, en plusieurs couches de vernis mat.

Comment faire

un patchwork de bois végétalisé

Une belle façon de recycler toutes sortes de chutes de bois en fin de chantier...

MATÉRIEL

- UNE GRANDE PLANCHE DE SUPPORT
- DES MORCEAUX DE BOIS VARIÉS
- DES VIS ET UNE VISSEUSE
- DU MASTIC-COLLE
- DES PLANTES TILLANDSIA

1 Délimiter au sol un espace aux dimensions de la surface que l'on souhaite recouvrir par le patchwork de bois. (Pour le projet pris en photo, il s'agit de recouvrir un décrochement du plafond, soit un rectangle de 4 m de long sur environ 40 cm de haut. Fond : plaque d'OSB. Base : planche horizontale de soutien.)

2 Réunir toutes sortes de morceaux de bois en variant les essences, les tailles, l'état de conservation, l'apparence, les teintes... Dans ce projet, on a inclus des écorces, des morceaux de parquet, du bois peint, des branches, une demi-souche, des éclats de marqueterie (d'un meuble récupéré en déchetterie), du placage et toutes sortes de chutes de chantier, notamment du bois d'ossature (45 x 145 mm) en douglas passé au feu afin de le noircir intégralement selon la technique japonaise du *yakisugi*. Le bois foudroyé est du contreplaqué qui a été brûlé par des électrodes reliées à un transformateur démonté d'un four à micro-ondes en panne. Pour réaliser (assez facilement) de tels dessins en pyrogravure, chercher un tuto sur le thème « figures de Lichtenberg » (voir p. 120).

3 Pour composer un patchwork harmonieux, procéder comme pour une mise en pages : commencer par placer les éléments les plus gros (qui rythment la composition), puis ajouter ceux que l'on préfère aux endroits où ils seront mis en valeur, combler les espaces par des morceaux plus neutres et terminer par les détails. Prendre une photo, car l'ordre risque d'être bouleversé par les manipulations à venir.

4 Visser les morceaux de bois sur le support mural en commençant, cette fois, par ceux qui seront à l'arrière-plan. Procéder par strates et terminer par les éléments de la couche supérieure, si possible en masquant les vis par le chevauchement des éléments. Coller au mastic-colle les derniers petits éléments.

5 Disposer les tillandsia dans les interstices : comme ce sont des plantes aériennes, elles n'ont pas besoin de terre et un arrosage occasionnel par vaporisation suffit. En bonus, on peut installer tout le long un ruban de LED caché par une planche, qui accentuera, de nuit, les reliefs du patchwork.

COMMENT FABRIQUER

un support à tringle

ON DIRAIT UNE TECHNIQUE DE SCOUT : RIEN DE PLUS SIMPLE QUE CETTE RÉALISATION À PARTIR D'UN MORCEAU DE BOIS. ÉCONOMIQUE ET ESTHÉTIQUE !

MATÉRIEL

- DES BRANCHES
- UNE SCIE
- DU XYLOPHÈNE
- UNE PERCEUSE-VISSEUSE
- UNE MÈCHE À BOIS FINE
- UN FORET ADAPTÉ AU MUR
- UN NIVEAU À BULLE
- DES CHEVILLES
- DES VIS

1 Couper de préférence du bois vert, plus solide qu'une branche morte. Le choisir en fonction de sa forme : la partie du support de tringle qui sera contre le mur doit être à peu près rectiligne. La pose horizontale de la tringle est facilitée si les deux morceaux choisis présentent un écartement du Y à peu près semblable.

2 Percer des avant-trous à la perceuse avec une mèche à bois fine : deux en dessous du Y et une au-dessus.

3 Frotter les morceaux de bois pour retirer les petites scories, écorces ou fragments de lichen qui pourraient être amenés à tomber. Il est prudent de traiter le bois au xylophène (ce produit se vend en bombe) afin d'éviter de contaminer les meubles avec d'éventuels petits insectes xylophages.

4 Positionner les deux supports à l'aide d'un niveau à bulle posé sur la tringle pour viser l'horizontalité et marquer les emplacements des trous avec la fine mèche à bois.

5 Percer aux endroits cochés avec le foret adapté au mur, enfoncer les chevilles, puis visser les supports. Sur la première photo, la tringle est un simple tuyau de cuivre. Sur la seconde, qui était trop courte pour la porte-fenêtre, on l'a prolongée d'une autre branche.

Comment fabriquer
des équerres d'étagère

MÊME PRINCIPE :
LA TECHNIQUE « ROBINSON » QUI CONSISTE À UTILISER LES MORCEAUX DE BOIS DU JARDIN POUR HABILLER SON INTÉRIEUR.

MATÉRIEL

- UNE BRANCHE
- UNE SCIE
- DU XYLOPHÈNE
- UNE PERCEUSE-VISSEUSE
- UNE MÈCHE À BOIS FINE
- UN FORET ADAPTÉ AU MUR
- UN NIVEAU À BULLE
- DES CHEVILLES
- DES VIS

1 Choisir des morceaux de branche solides formant un Y, destinés à supporter une tablette.

2 Découper soigneusement les deux extrémités supérieures afin qu'elles soient parfaitement alignées et que la surface des tronçons forme un angle à 90° par rapport au mur.

3 Traiter le bois au xylophène par sécurité.

4 Transpercer le morceau de bois en trois points et marquer le mur en face de ces trous, puis percer les trous dans le mur afin de pouvoir y enfoncer les chevilles.

5 Visser le support en branche et poser la tablette. Si nécessaire, la visser de haut en bas dans l'épaisseur du support en branche.

COMMENT FAIRE
un mur de tiroirs

MATÉRIEL

- DES TIROIRS DE RÉCUPÉRATION
- DES VIS ET DES CHEVILLES
- UNE PERCEUSE-VISSEUSE
- UN NIVEAU À BULLE

1 Les tiroirs sont tout simplement vissés au mur au moyen de deux vis qui passent à travers le fond. Si on n'en met qu'une seule, ils risquent de basculer.

2 Commencer par positionner les tiroirs que l'on préfère, ceux qui ont le plus de caractère. Organiser les autres autour, en panachant les tailles. On peut y ajouter des cadres, des boîtes et des petits meubles de pharmacie.

3 Penser à ménager entre eux un écart suffisant pour que leur dessus puisse servir d'étagère également.

LE PREMIER PLAISIR EST DE RÉCUPÉRER TOUS CES TIROIRS, SUR LE TROTTOIR LE JOUR DES ENCOMBRANTS OU EN BROCANTE. LE DEUXIÈME EST DE LES AGENCER COMME UNE JOLIE MISE EN PAGES. LE TROISIÈME, DE LES GARNIR DE TRÉSORS.

Comment fabriquer
un abat-jour en mèches de coton

MATÉRIEL

- DU COTON À MÉCHER (MAGASIN DE BRICOLAGE, RAYON ÉBÉNISTERIE)
- DE LA COLLE À BOIS
- UN BALLON GONFLABLE

UN ATELIER DE BRICOLAGE SI SIMPLE QU'IL PEUT ÊTRE RÉALISÉ AVEC DES ENFANTS : IL SUFFIT DE SE PROCURER DES MÈCHES DE COTON, VENDUES EN VRAC, DANS UN SACHET, POUR CIRER ET NETTOYER LES MEUBLES.

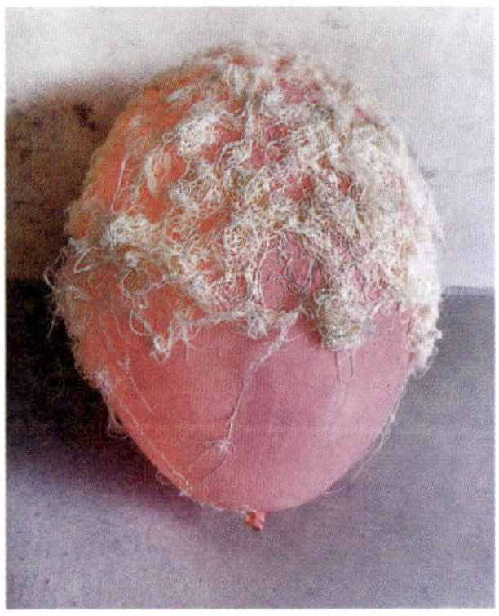

1 Gonfler le ballon de la taille souhaitée pour obtenir un abat-jour. Au rayon des fournitures pour anniveraires, on trouve des ballons de toutes sortes de formes, y compris géants.

2 Mélanger le coton à mécher et la colle, de façon à ce qu'il en soit bien enduit.

3 En recouvrir une partie du ballon. On peut choisir d'ajouter quelques mèches non enduites, qui penderont sans avoir la raideur des mèches encollées.

4 Attendre que l'ensemble sèche bien, puis dégonfler le ballon : c'est prêt !

Version rapide : détourner en plafonnier une couronne de Noël et l'agrémenter du boa et des oiseaux.

COMMENT FAIRE

un plafonnier en forme de nid

MATÉRIEL

- DES BRANCHES SOUPLES (SAULE, NOISETIER...)
- DES FEUILLES D'ARBRE SÉCHÉES
- UN BOMBE DE PEINTURE ARGENTÉE
- DE LA COLLE EN BOMBE (OU BLANCHE)
- DES PAILLETTES
- DU FIL DE NYLON
- DU FIL DE FER TRÈS FIN
- DES OISEAUX DE DÉCORATION
- UN BOA

1 Former une couronne avec les branchages libérés de leurs feuilles. La maintenir à l'aide de fil de fer.

2 Recouvrir la couronne de colle. C'est plus facile avec une bombe, mais on peut aussi tremper un grand pinceau brosse dans de la colle blanche, au besoin en la diluant avec un peu d'eau. Saupoudrer des paillettes.

3 Bomber des petites feuilles d'arbre de peinture argentées, recto verso, et les laisser sécher. Les coller ensuite sur la couronne.

4 Enrouler le boa au centre de la couronne pour masquer l'ampoule (on la choisira basse tension pour qu'elle ne chauffe pas).

5 Accrocher les oiseaux par des fils de Nylon. Sur la photo, on a suspendu aussi un oiseau dans une boule en verre (décoration de Noël) et des petits oiseaux phosphorescents qui brillent dans le noir après l'extinction du plafonnier.

Comment fabriquer une lampe avec une boîte de conserve

MATÉRIEL

- UN CINTRE EN MÉTAL
- UNE GRANDE BOÎTE DE CONSERVE VIDE
- UN KIT DOUILLE + FIL + PRISE + INTERRUPTEUR
- UNE AMPOULE
- 2 PETITES VIS + 2 ÉCROUS
- DU PAPIER DÉCORATIF
- DE LA COLLE

UNE PETITE LAMPE FACILE À FAIRE ET BON MARCHÉ. ELLE A DEUX POSITIONS : SOIT POSÉE SUR UNE TABLE, SOIT ACCROCHÉE AU MUR. DANS LES DEUX CAS, ON PEUT LA FAIRE PIVOTER À SA GUISE.

1 Percer au fond de la boîte un cercle de petits trous de la taille de la douille. Achever la découpe de ce disque en tapant sur un tournevis avec un marteau.

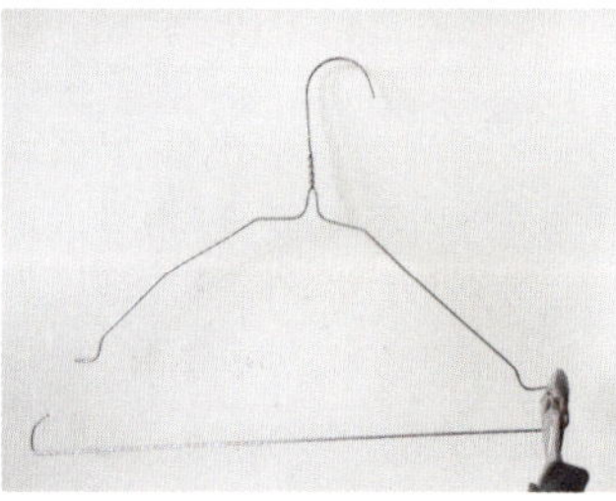

2 Couper le cintre en deux endroits, juste après le creux au niveau des épaules. Replier ces deux pattes à 130°. Recourber les deux extrémités pour former deux crochets.

3 Percer deux trous à 4 cm du fond de la boîte, diamétralement opposés. Tester la possibilité d'y insérer les deux vis et d'y fixer les crochets.

4 Retirer les vis. Découper une bande de papier décoratif et la coller sur la boîte (plus facile avec de la colle en bombe).

5 Remettre les vis dans les trous. Quand le cintre sera en place, on serrera les boulons depuis l'intérieur de la boîte.

6 Démonter puis remonter la douille en faisant passer le fil dans le trou de la boîte, sans oublier de laisser l'anneau autour du fil mais à l'extérieur, et connecter les fils avant de revisser l'ensemble.

7 Visser l'ampoule puis poser la lampe sur la table ou l'accrocher au mur grâce au crochet du cintre.

Ci-dessus, la position en applique et en page de droite, la position posée.

COMMENT RÉALISER

un mobile en origami

avec des enveloppes usagées

MATÉRIEL

- UNE JOLIE BRANCHE D'ARBRE OU UNE RACINE SÉCHÉE
- DES ENVELOPPES USAGÉES VARIÉES
- DU FIL ORDINAIRE ET UNE AIGUILLE
- DES PERLES TRÈS FINES

1 Ouvrir les enveloppes et y découper des rectangles de tailles variées. On peut partir sur des dimensions moyennes de 10 x 15 cm, puis varier (des plus petits et des plus grands) en conservant approximativement cette proportion (un tiers/deux tiers).

2 Plier ces papiers de façon à obtenir des bateaux de tailles variées. Si le mobile est destiné à être vu par le bébé par en dessous, privilégier la couleur sur les coques plutôt que sur les voiles : il faudra donc commencer le pliage avec la couleur au verso.

3 Nouer une perle à l'extrémité du fil, le faire passer au travers d'un bateau, de bas en haut, à l'aide de l'aiguille, estimer la longueur de fil souhaitée sous la branche et couper le fil en laissant de la marge pour faire le nœud final. Pour fixer le deuxième bateau du même fil, passer à travers une perle qui servira de fixation, puis enfiler le deuxième bateau, et ainsi de suite.

4 Nouer les fils garnis de bateaux à la branche, en veillant à équilibrer leur poids, puis suspendre la branche au plafond.

AVEZ-VOUS DÉJÀ SONGÉ À OBSERVER LES MOTIFS DÉLICATS QUI ORNENT SOUVENT L'INTÉRIEUR DES ENVELOPPES ADMINISTRATIVES ? RETROUVEZ LA JOIE DE PLIER LES PETITS BATEAUX DE VOTRE ENFANCE TOUT EN RECYCLANT VOS FACTURES !

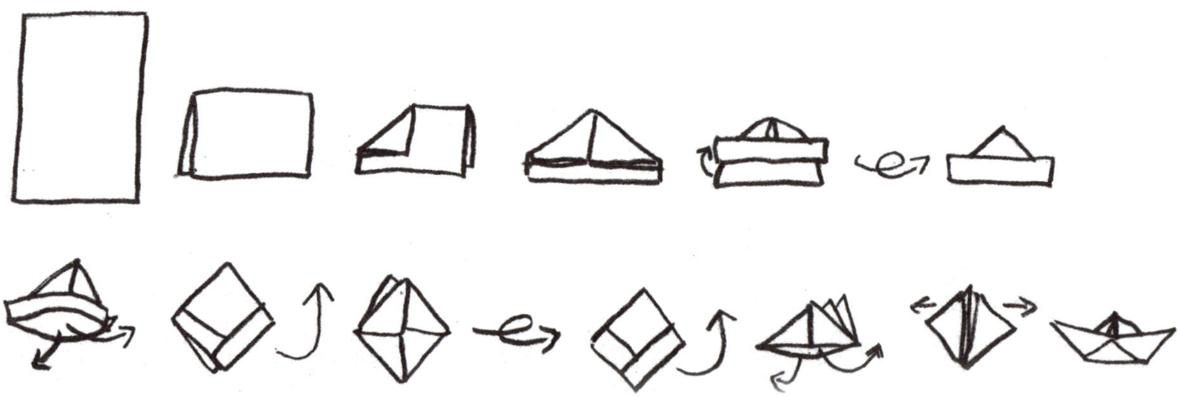

Comment fabriquer

une favela lumineuse en emballages de carton

UN BRICOLAGE LUDIQUE ET PUREMENT DÉCO, QUI PERMET DE PRENDRE CONSCIENCE DU VOLUME DE NOS EMBALLAGES AU QUOTIDIEN, AVANT D'ALLER VERS UNE DÉMARCHE « ZÉRO DÉCHET ».

MATÉRIEL
- DES BOÎTES EN CARTON
- UNE GUIRLANDE LUMINEUSE
- DU RUBAN ADHÉSIF
- UN PISTOLET À COLLE
- UN FEUTRE NOIR
- UN CUTTER

1 Ouvrir chacun des emballages en décollant les parties collées. Les retourner afin d'obtenir des boîtes unies et les maintenir fermées avec du ruban adhésif.

2 Les assembler en commençant par les plus grosses et les plus solides à la base. Les maintenir ensemble à l'aide du pistolet à colle.

3 Dessiner des portes et des fenêtres sur les façades.

4 Percer des fenêtres et l'arrière des boîtes les plus accessibles pour faire passer la guirlande lumineuse à l'intérieur.

Un gros boulot qui peut occuper les enfants tout un mercredi.

À la nuit tombée, les petites fenêtres s'allument...

COMMENT FABRIQUER

un tabouret

avec des bouteilles et un pull

RECYCLONS CE QUI ENCOMBRE : DES BOUTEILLES VIDES, DU CARTON D'EMBALLAGE ET UN VIEUX PULL.

MATÉRIEL

- 7 BOUTEILLES EN PLASTIQUE
- DU CARTON ÉPAIS
- UN PULL À COL ROULÉ (TAILLE M)
- DU RUBAN ADHÉSIF LARGE
- UN MORCEAU DE FICELLE
- UN MOULE ROND (À USAGE D'EMPORTE-PIÈCE)
- DES CLOUS
- UN CUTTER ET DES CISEAUX
- DU FIL ET UNE AIGUILLE

1 Grouper les bouteilles debout et les assembler avec du ruban adhésif.

2 Choisir un moule rond de même diamètre que le lot ainsi obtenu. L'utiliser comme emporte-pièce afin de découper au cutter quatre disques de carton ainsi qu'une longue et large bande de carton pour faire le tour.

3 Fixer un disque dans l'épaisseur du carton de périphérie à l'aide de quelques clous. Disposer les bouteilles à l'intérieur et fixer le couvercle de la même façon.

4 Doubler chacun des disques (pour la solidité) et fixer le tout avec du ruban adhésif.

5 Retourner le pull à l'envers, supprimer les manches et coudre les ouvertures ainsi pratiquées. Fermer le col avec un bout de ficelle bien serré à mi-hauteur.

6 Disposer les manches en anneau afin de garnir l'assise. Enfiler le pull à l'endroit sur le tabouret. Coudre le bas du pull en dessous, en veillant à ne pas faire de bosses pour maintenir la stabilité du tabouret.

COMMENT FABRIQUER

un nid de chanvre au crochet

POURVU QU'ON SE RENSEIGNE UN PEU SUR LES PREMIERS GESTES TECHNIQUES (FACILES) DU CROCHET, ON POURRA RÉALISER DES PETITS NIDS SUSPENDUS DONT L'IMPERFECTION IRA TRÈS BIEN AVEC L'ESTHÉTIQUE DE LA NATURE, DANS LAQUELLE RIEN N'EST RECTILIGNE.

MATÉRIEL

- DE LA FICELLE DE CHANVRE
- UN CROCHET
- UNE BOUTEILLE EN PLASTIQUE
- UN CUTTER

1 Commencer par réaliser ce qu'on appelle un « cercle magique » en 6 mailles serrées en spirale. On trouve toutes sortes de tutoriels dans les ouvrages spécialisés sur le crochet ou en ligne (cette opération est du niveau débutant).

2 Ensuite, on va réaliser l'ouvrage en mailles coulées, c'est-à-dire qu'on passe le crochet dans la deuxième maille, on fait un jeté et on ramène la boucle ainsi formée dans les deux mailles qui sont autour du crochet, et ainsi de suite. En outre, on va faire une augmentation dans chaque maille : au deuxième rang, on obtient donc 12 mailles.

3 Au troisième rang, faire une augmentation une maille sur deux. Au rang suivant, une maille sur trois, au rang suivant une maille sur quatre, et ainsi de suite jusqu'à obtenir un cercle d'environ 10 cm de diamètre.

4 Arrêter les augmentations et crocheter en cercle jusqu'à 8 cm de hauteur.

5 Continuer en faisant cette fois une diminution au début et à la fin de chaque rang, tout en ménageant un espace de 5 cm devant. Poursuivre jusqu'à 10 cm en ménageant cette ouverture.

6 Faire encore trois rangs, et terminer en cousant le haut, dans lequel on aura inséré une lanière faite avec de la ficelle tressée.

7 Insérer un fond de bouteille en plastique coupée au cutter (on l'aperçoit en vert sur la photo). Il ne reste plus qu'à garnir de terre et à repiquer de préférence des plantes qui demandent peu d'arrosage, comme les succulentes.

COMMENT FABRIQUER

une table basse en palette

avec bac à plantes intégré

L'ASTUCE CONSISTE À UTILISER L'ÉPAISSEUR DE LA PALETTE POUR Y INCLURE UN MOULE À CAKE DANS LEQUEL LE POT DE FLEURS SERA DISSIMULÉ : NE DÉPASSE DONC DE LA SURFACE DE LA TABLE QUE LA PARTIE FOISONNANTE DU VÉGÉTAL.

MATÉRIEL

- UNE PETITE PALETTE PLEINE DE 60 X 80 CM
- UNE PLANCHE DE 60 X 80 CM
- UN MOULE À CAKE
- 4 GROSSES ROULETTES
- DU PAPIER DE VERRE
- UNE VISSEUSE-PERCEUSE
- UNE SCIE SAUTEUSE
- DES VIS À BOIS

1 Le plus délicat est de trouver la bonne palette : de petite taille et pleine. Ouvrir l'œil : les trottoirs sont pleins de bonnes surprises. En récupérer une de préférence marquée du logo HT, qui signifie qu'elle a subi un traitement thermique. Les palettes de couleur sont hélas à éviter : elles portent le sigle BM, « bromure de méthyle », un traitement toxique qui ne convient pas vraiment à un usage en intérieur.

2 Positionner le moule à cake à l'endroit souhaité pour faire le bac. Marquer les extrémités.

3 Percer deux trous avec une mèche de 10 pour pouvoir y passer la lame de la scie sauteuse. Scier en suivant les deux tracés. On peut choisir d'encastrer complètement le moule ou de le faire dépasser un peu.

4 Poncer légèrement le bois avec du papier de verre.

5 Retourner la table, poser la planche et visser les roulettes dans les plots. Cette base permettra de ranger des choses dans l'épaisseur de la table, livres ou journaux.

6 Encastrer le moule dans le trou. Il peut servir de bac à plantes, comme sur la photo, mais aussi de vide-poches, de pot à crayons pour les enfants ou de seau à glace pour l'apéro...

Le moule de récup intégré dans un trou.
Pratique pour ranger les magazines !

Comment faire des tabourets en rondins

DES TABOURETS EXPRESS POUR CRÉATIFS FLEMMARDS : UNE SIMPLE MANIQUE AGRAFÉE EN GUISE DE COUSSIN. À LA PLACE, ON PEUT PONCER L'ASSISE ET LA PEINDRE, PAR EXEMPLE AVEC UNE LAQUE BRILLANTE QUI CONTRASTE AVEC LE CÔTÉ BRUT DU BOIS.

MATÉRIEL

- DES BÛCHES
- DES MANIQUES
- UNE SCIE OU UNE TRONÇONNEUSE
- UNE AGRAFEUSE MURALE

1 La seule difficulté de cette réalisation est de bien couper les bûches pour qu'elles soient droites. (Sur la photo, il s'agit de tronçons de poteau électrique récupérés à la déchetterie du village.)

2 Agrafer de jolies maniques sur l'assise. On peut aussi être plus raffiné et coudre des petits coussins en forme de galette ou de dôme aplati.

COMMENT FABRIQUER

un support d'aromatiques

UN DISPOSITIF À BASE DE RÉCUP POUR ORGANISER LES HERBES AROMATIQUES DANS LA CUISINE ET EN DISPOSER FACILEMENT. AVEC DES PETITS BONUS...

MATÉRIEL

- UNE PLANCHE DE 26 X 66 CM ENVIRON
- 3 CANETTES DE BIÈRE LONGUES (17 CM)
- 6 CLOUS LONGS (8 CM)
- 2 PINCES À LINGE EN BOIS
- UN PISTOLET À COLLE
- DE LA PEINTURE ARDOISE
- UN CRAYON-CRAIE
- UN PETIT FILET À LÉGUMES RÉCUPÉRÉ

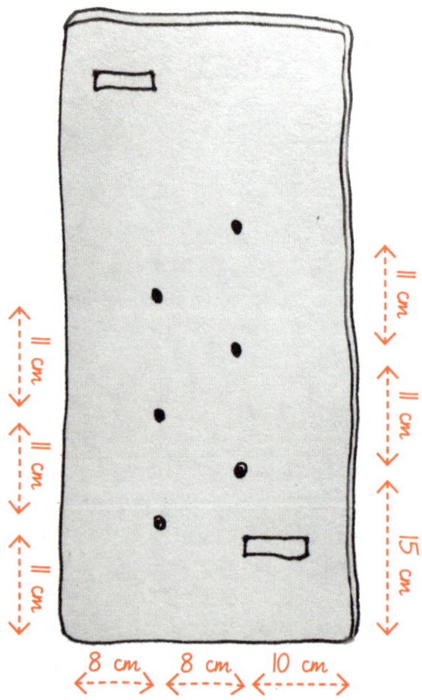

1 Ouvrir les canettes à l'ouvre-boîte pour libérer la totalité de l'opercule supérieur.

2 Prendre des repères pour les disposer harmonieusement sur la planche. Chacune tient à l'aide de deux clous : l'un qui supporte le fond et l'autre qui sert d'appui latéral. On peut s'aider des dimensions proposées sur le schéma ou choisir les siennes, du moment que les canettes tiennent en équilibre une fois lestées d'eau et qu'elles laissent la place aux bouquets d'herbes pour s'épanouir. Enfoncer les clous en les laissant très largement dépasser.

3 Peindre les étiquettes des canettes à la peinture ardoise afin de pouvoir écrire le nom des herbes au crayon-craie effaçable.

4 Donner également un coup de pinceau sur les deux pinces à linge et les coller aux emplacements proposés à l'aide du pistolet à colle, chacune ouvrant vers l'extérieur de la planche.

5 Nouer le petit filet à légumes et l'accrocher à la pince du bas : il peut servir à faire sécher les écorces d'agrumes bio qui pourront être ensuite passées au moulin à café. On obtient ainsi une poudre d'agrumes séchés délicieuse. La pince du haut peut être utilisée pour faire sécher les herbes comme la verveine, la menthe ou le laurier-sauce.

6 Poser la planche verticalement sur le plan de travail de la cuisine, adossée à un mur. Remplir les canettes d'eau et les disposer sur les clous, garnies d'herbes. On peut facilement les retirer ou les remettre.

Une pince pour les herbes à faire sécher.
Verveine
menthe
romarin
persil
agrumes
Une autre pour les écorces d'agrumes.

COMMENT FABRIQUER

un lampadaire avec le pied du sapin de Noël

UNE DEMI-BÛCHE
ET UNE BELLE BRANCHE.

MATÉRIEL

- UNE DEMI-BÛCHE PIED DE SAPIN
- UNE BRANCHE COURBE
- 3 M DE CÂBLE ÉLECTRIQUE TEXTILE
- UNE RALLONGE OU UN VIEUX CÂBLE ÉLECTRIQUE AVEC PRISE MURALE
- UN INTERRUPTEUR À PIED
- UNE DOUILLE
- DU RUBAN ADHÉSIF D'ÉLECTRICIEN
- UNE AMPOULE DÉCORATIVE
- UN CUTTER

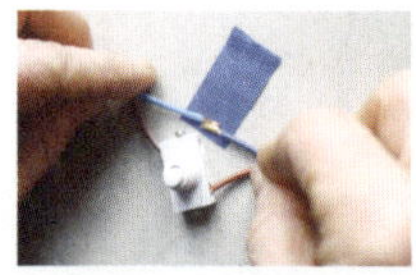

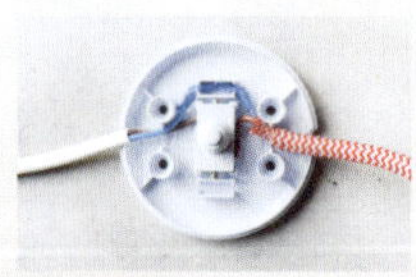

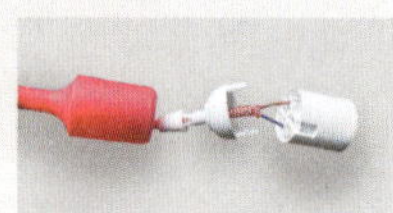

1 Fixer en force la branche dans le trou du support (au besoin, avec des clous).

2 Dénuder les fils de couleur du câble textile sur 1 cm à l'aide d'un cutter. Idem pour la rallonge ou le fil électrique de récupération (qui sera installé entre l'interrupteur et la prise murale).

3 Démonter l'interrupteur, puis connecter les fils rouges du câble textile et de la rallonge en vis-à-vis dans les trous. Visser. Entortiller les deux extrémités bleues et les maintenir ensemble avec du ruban adhésif. Remonter l'interrupteur.

4 Démonter la douille, enfiler les éléments autour du câble textile, enfoncer les deux fils dans les trous opposés et revisser le tout.

5 Enrouler harmonieusement le câble textile autour de la branche de façon que la douille pende. Visser l'ampoule.

Comment bricoler

un cache-pot en brindilles

UN PRINCIPE DE TISSAGE AVEC DES PETITS BOUTS DE BOIS.
FACILE À AJUSTER QUELLE QUE SOIT LA TAILLE DU POT À RECOUVRIR.

MATÉRIEL

- DES BRINDILLES
- DE LA FICELLE
- UN SÉCATEUR

1 Déterminer la hauteur souhaitée pour le cache-pot et tailler à la bonne longueur un premier petit morceau de bois qui servira d'étalon.

2 Partir se promener au jardin ou dans les bois avec cet étalon, un sécateur et un panier. Découper autant de petits bouts de bois que nécessaire pour faire le tour du pot. On peut les choisir de sections variées.

3 Couper deux morceaux de ficelle d'environ 2 m chacun (pour un pot de 15 cm de diamètre environ). Les nouer à 2 cm de chaque extrémité d'un petit bâton, au milieu de chaque ficelle, de façon à obtenir quatre brins de 1 m, deux en haut et deux en bas.

4 Sur le principe du tissage, aligner les bâtonnets en croisant les fils entre chaque. On peut faire un nœud tous les cinq bâtons, par sécurité.

5 Envelopper le pot de ce tissage de bois et nouer les extrémités.

Comment faire du kintsugi (réparation à l'or)

Le *kintsugi* est un art japonais ancestral, consistant à réparer la vaisselle brisée à l'aide d'une laque contenant de la poudre d'or. C'est un véritable travail de maître destiné à sublimer la faille en un liseré précieux, lisse et harmonieux.

Le procédé amateur proposé ici n'a presque rien à voir avec cet art. Il invite seulement à reconsidérer notre société de consommation dégénérée, qui conduit à jeter tout objet brisé au lieu de lui donner une seconde vie.

En outre, le *kintsugi* est une métaphore psychologique de la résilience puisqu'il s'agit d'assumer et de magnifier ses blessures plutôt que de les dissimuler.

MATÉRIEL

- UN ÉLÉMENT DE VAISSELLE CASSÉ
- DE LA COLLE À CÉRAMIQUE
- DU WASHI TAPE (PAPIER ADHÉSIF)
- DE LA PEINTURE DORÉE
- UN PINCEAU TRÈS FIN
- DE LA FÉCULE DE MAÏS
- DU BICARBONATE DE SOUDE

1 Recomposer patiemment le puzzle de la vaisselle brisée. Certains artistes du *kintsugi* mélangent des morceaux issus de plusieurs bols ou assiettes pour constituer une œuvre originale ; on se contentera, pour commencer, d'assembler les morceaux d'un bol ou d'une assiette, c'est déjà bien assez difficile !

2 Assembler les morceaux avec de la colle en suivant les indications du produit. Certaines colles nécessitent le mélange instantané de deux composants ; elles présentent l'avantage de sécher plus vite. S'aider de washi tape collé au verso pour maintenir les morceaux en place.

3 S'il manque des morceaux (pas trop grands), on peut fabriquer une pâte autodurcissante à l'air. Tapisser une casserole de papier d'aluminium, pour ne pas l'abîmer, et y verser 1 volume de fécule de maïs pour 2 volumes de bicarbonate de soude et 1 volume d'eau (selon la quantité nécessaire, on peut compter en cuillerées à soupe). Mélanger et faire chauffer jusqu'à obtenir une consistance de pâte épaisse.

4 Laisser tiédir cette pâte, puis l'utiliser pour combler les failles ou espaces vides entre les morceaux. Laisser sécher.

5 Peindre ensuite tous ces raccords à la peinture dorée, avec un pinceau fin.

Une autre astuce d'amateur consiste à saupoudrer de fines paillettes dorées sur le bourrelet de colle réalisé un peu en saillie avant qu'il ne sèche, ce qui épargne l'étape peinture.

COMMENT FABRIQUER

une tablette avec des vases comme pieds

MATÉRIEL

- UNE PLAQUE DE CONTREPLAQUÉ (ENVIRON 8 MM D'ÉPAISSEUR)
- AU MOINS 3 BOUTEILLES DE DIMENSIONS IDENTIQUES
- UNE PERCEUSE ÉQUIPÉE D'UNE MÈCHE PLATE DE 26
- UNE SCIE SAUTEUSE
- DU PAPIER DE VERRE
- DE LA PEINTURE

UNE IDÉE PAR EXEMPLE POUR VÉGÉTALISER SON BUREAU : ON DÉDOUBLE LA PLACE DISPONIBLE SUR SON PLAN DE TRAVAIL, EN PLUS DE LE FLEURIR, GRÂCE À L'AJOUT DE CETTE TABLETTE DÉCORATIVE.

Astuces pour réaliser le modèle avec les bouteilles de couleur : acheter des bières aromatisées Belzébuth ; déjà colorées et aux étiquettes faciles à retirer instantanément. Le trio de bouteilles noir mat est réalisée en bières Goudale. Et pour des bouteilles bleues, cherchez l'eau gazeuse Lauretana...

1 Tracer sur la plaque des formes courbes de la taille des tables ou tablettes souhaitées (sur la photo, une plaque de récupération sur laquelle on a fait rentrer quatre tablettes).

2 Les découper à la scie sauteuse.

3 Percer des trous de 26 aux emplacements des pieds : ce diamètre permet de coincer le goulot des bouteilles classiques de façon assez stable. On peut aussi imaginer une table plus grande avec des trous plus grands aussi, permettant d'enfiler jusqu'au col des grandes bouteilles. Dans ce cas, les agrandir à la scie sauteuse.

4 Poncer les arêtes de la tablette et des trous au papier de verre.

5 Peindre si on le souhaite (sur la photo, la plaque était déjà peinte).

6 Décoller les étiquettes des bouteilles, puis les enfiler sous la tablette, calées sur les trous.

7 Utiliser les bouteilles comme vases. Si la tablette est petite, elle est seulement décorative. À partir d'une certaine taille, elle peut devenir une vraie petite table où poser des objets.

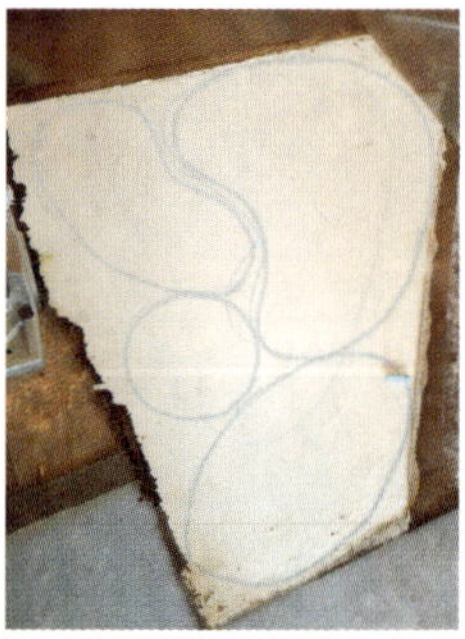

AU JARDIN

Comment fabriquer une pergola en bois

POUR OMBRAGER UNE TERRASSE TRÈS EXPOSÉE SANS DÉNATURER LE PAYSAGE, ON A RÉALISÉ UNE PERGOLA AVEC DES TRONCS D'ARBRE ET CONSTRUIT UN LIT D'EXTÉRIEUR. LE BLOC DE DROITE QUI PROTÈGE DU VENT EST POUR MOITIÉ UN COFFRE OÙ L'ON RANGE LA LITERIE, ET POUR LE RESTE UN BAC À PLANTES.

MATÉRIEL

- DEUX PETITS ARBRES
- DEUX POUTRES DE SECTION 7 X 11 CM
- DES CHEVRONS DE SECTION 5 X 7 CM
- DES ROULEAUX DE CANISSE
- DEUX CHUTES DE BOIS ÉPAIS (POUR LA BASE)
- DES FIXATIONS SELON LE MUR
- UNE TRONÇONNEUSE ET UNE SCIE
- DES VIS ET UNE VISSEUSE
- UN NIVEAU À BULLE
- UN CISEAU À BOIS ET UN MARTEAU
- DU FIL DE FER EN ACIER GALVANISÉ

1 Couper des petits arbres choisis pour leur forme à peu près rectiligne et en Y (sur la photo, l'un avait été abîmé par des travaux, l'autre par un incendie). Les mettre en place pour simuler la hauteur finale de la pergola et visualiser le paysage ainsi recadré. Il est raisonnable de compter 2 m de hauteur au point le plus bas.

2 Couper des planches solides d'une taille légèrement supérieure au diamètre du tronc. Les visser sous les troncs, puis visser les planches dans le sol.

3 Visser une poutre sablière (section 7 x 11 cm) sur le haut des arbres et une autre, plus haut, sur le mur de la maison (sur la photo, on n'en a pas eu besoin, on a fixé les chevrons sur l'avancée du toit).

4 Entailler légèrement les chevrons à l'endroit où ils seront calés sur la sablière. Prévoir un dépassement de 20 cm environ. Calculer leur écartement en fonction de la taille des canisses.

5 Dérouler les canisses et les fixer avec du fil de fer.

COMMENT BRICOLER

une pergola en métal

quand on n'est pas du tout ferronnier

UNE ASTUCE POUR RÉALISER EN QUELQUES HEURES UNE FINE PERGOLA EN MÉTAL À PEU DE FRAIS ET SURTOUT SANS AUCUN MATÉRIEL À PART DES OUTILS TRÈS COMMUNS. ELLE EST DESTINÉE À RECEVOIR DE LA VÉGÉTATION LÉGÈRE PENDANT LES SAISONS CHAUDES POUR OMBRAGER LA TERRASSE. L'ASTUCE CONSISTE À UTILISER DES PENTURES DE VOLETS : SOLIDES, DÉJÀ PERFORÉES ET AVEC UNE EXTRÉMITÉ PRÉVUE POUR RECEVOIR UN GOND QUI EST PARFAITE POUR GLISSER UNE BARRE !

MATÉRIEL

- DES PENTURES DE VOLETS À GOND
- AUTANT D'ÉQUERRES EN MÉTAL RENFORCÉES
- DES BARRES DE MÉTAL D'UN DIAMÈTRE ALLANT DANS LA BOUCLE DES PENTURES
- DES VIS, BOULONS ET ÉCROUS EN INOX
- DE LA PEINTURE POUR MÉTAL D'EXTÉRIEUR
- UN PINCEAU
- DES FILINS D'ACIER INOXYDABLE
- DES SERRE-CÂBLES
- DES BOUCLES DE FIXATION DES CÂBLES

1 Peindre les équerres et les barres en deux couches (ainsi que les pentures si elles ne le sont pas déjà) afin de les protéger de la rouille. Veiller à ce que l'épaisseur de la peinture n'empêche pas les barres de passer dans la boucle des pentures.

2 Fixer les pentures au mur à l'aide des équerres et les boulonner ensemble.

3 Glisser les barres dans les boucles pour terminer proprement la pergola.

4 Attacher des filins d'acier aux trous déjà perforés dans la penture située à une extrémité de la pergola. Bien tendre et fixer les filins à l'autre extrémité en utilisant des serre-câbles.

5 Sur la photo, on a ajouté une guirlande de lampions solaires. Certaines plantes qui habillent la pergola montent du sol (la vigne) et d'autres partent des jardinières suspendues.

COMMENT FABRIQUER des toilettes sèches

AUSSI CONFORTABLES QUE DES TOILETTES CLASSIQUES,
MAIS AVEC PLEIN D'AVANTAGES. PRIMO, PAS DE CONSOMMATION D'EAU.
DEUZIO, LE PLAISIR D'ALLER AU PETIT COIN DANS LA NATURE AVEC UNE BELLE VUE.
ET TERTIO, AVEC L'ASTUCE DE LA CABINE QUI COULISSE SUR LA FOSSE,
VOUS N'AVEZ PAS À METTRE LES MAINS DANS LA M... !

À RÉCUPÉRER

- UNE BÂCHE
- UNE PORTE
- UNE FENÊTRE (ICI UN SIMPLE CADRE VITRÉ)
- DES PLANCHES POUR RECOUVRIR LA FOSSE
- DES COPEAUX DE BOIS

À ACHETER

- DES CHEVRONS EN PIN TRAITÉ POUR L'EXTÉRIEUR
- DES PLANCHES DE COFFRAGE EN PIN (IDEM)
- DES PANNEAUX D'OSB OU AUTRES PLANCHES POUR LES BACS (CUVETTE ET COPEAUX)
- DES ÉQUERRES
- DES CLOUS ET DES VIS (SI POSSIBLE EN INOX)
- UN ABATTANT DE WC
- DES GONDS POUR LA PORTE
- DU SILICONE POUR LE FAÎTAGE (FACULTATIF)

MATÉRIEL

- UNE PIOCHE ET UNE BÊCHE OU UNE MINIPELLETEUSE
- UNE SCIE (UNE ÉGOÏNE PEUT SUFFIRE)
- UN MÈTRE, UNE ÉQUERRE ET UN CRAYON
- UN MARTEAU
- UN TOURNEVIS
- UNE AGRAFEUSE MURALE

DÉCO FACTULTATIVE

- DES RIDEAUX ET DES TRINGLES
- UNE LAMPE SOLAIRE POUR LE FRONTON

Le principe ?
Une petite cabine en bois posée sur une fosse rectangulaire recouverte d'un cadre. Quand la fosse est pleine sous la cabine, on pousse simplement celle-ci en la faisant glisser sur le cadre. On déplace donc les planches qui couvrent la fosse.

Exit la corvée de vidage du seau des toilettes sèches habituelles ! Une famille de 6 personnes qui utiliserait une fosse de 4 m de long et de 1 m de profondeur mettrait 2 ans à la remplir. Au bout de 2 ans, les excréments du début se sont transformés en terreau : c'est bien plus agréable à manipuler.

Un projet à réaliser à deux personnes au cours d'un week-end.

1. Creuser un trou de 1 m de profondeur, de la largeur de la cabine (env. 1 m) et de 3 à 4 m de longueur. Selon la nature du sol, consolider les parois du trou (ici, au fond, par un muret de pierres sèches empilées). Veiller, à l'aide d'un niveau à bulle, que l'ensemble soit bien horizontal.

2. Assembler un cadre de chevrons en pin autoclave ou autre bois traité pour un usage extérieur, de la largeur de la cabine. Le faire reposer sur des pierres et non pas au contact de la terre.

3. Construire la cabine à partir d'un cadre au sol, avec des poteaux aux angles et des renforts horizontaux sur tous les pans, sauf celui de la porte, ainsi que les montants du toit.

4. Les chevrons sont assemblés au moyen d'équerres et de vis en inox. Les contreforts en diagonale assurent la solidité de la cabine, qui doit résister au vent.

5. Le sol est fait de planches de pin clouées. Le support de la cuvette est un caisson d'OSB. Le bac à copeaux est étroit et tout en longueur, sur le côté.

6. Pour l'étanchéité du toit, une simple bâche de récupération en PVC, doublée, est agrafée sur les montants, puis découpée au cutter.

7. Les planches de pin sont clouées en partant du bas, tout en ménageant un espace pour une fenêtre, qui sera réalisée avec un cadre mural décoratif récupéré.

8. Pour assurer l'étanchéité, veiller à faire se superposer les planches de façon que la planche supérieure masque le clou de la planche inférieure.

9. Le toit est également constitué de planches superposées, en commençant par le bas. On peut protéger le faîtage avec du joint silicone.

10. Fixer l'abattant et les tringles à rideaux, ainsi qu'une porte de récupération, à l'aide de trois gonds. À l'extérieur, au-dessus de la porte, on a installé une petite lampe solaire à détecteur de mouvement.

11. Recouvrir la fosse avec des planches sans les clouer (elles sont ici maintenues par des gros cailloux) : il faut pouvoir les enlever afin de déplacer la cabine en la faisant glisser sur le cadre.

Comment construire un poulailler

RIEN DE PLUS PLAISANT POUR DES ENFANTS QUE D'ALLER, LE MATIN, CHERCHER LES ŒUFS TOUT CHAUDS DE LEURS PROPRES POULES. CE POULAILLER A ÉTÉ RÉALISÉ AVEC TRÈS PEU DE MOYENS, À PARTIR D'UNE CAISSE DE TRANSPORT RÉCUPÉRÉE. L'ASTUCE CONSISTE À L'ÉQUIPER D'UN TIROIR À ŒUFS.

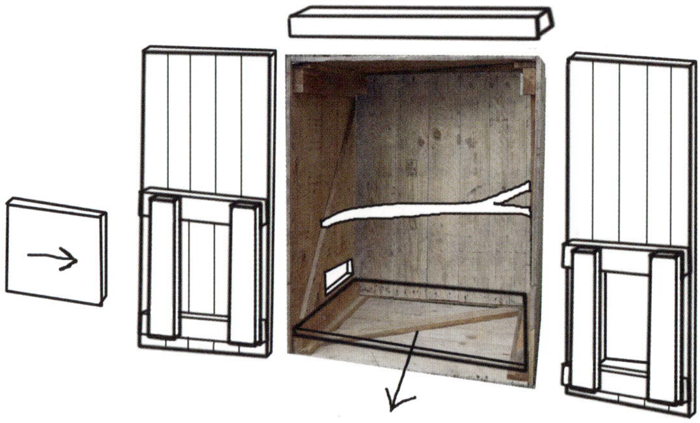

MATÉRIEL

- UNE GRANDE CAISSE DE TRANSPORT (DE RÉCUPÉRATION)
- UN TIROIR (DE RÉCUPÉRATION)
- UN MORCEAU DE TÔLE ONDULÉE POUR LE TOIT
- UNE SOLIVE POUR RÉHAUSSER LE TOIT
- DES PARPAINGS OU DES BRIQUES POUR LE SOL
- UNE BÂCHE OU DE LA TOILE CIRÉE
- DES PLANCHES ET DES TASSEAUX
- UNE BRANCHE POUR FAIRE LE PERCHOIR
- QUATRE CHARNIÈRES POUR LES PORTES
- DES VIS INOXYDABLES ET UNE VISSEUSE
- UNE SCIE ET UNE AGRAFEUSE MURALE
- DE LA PAILLE
- DE LA PEINTURE OU DU GOUDRON DE PIN

1 **Le fond :** l'idéal est de récupérer une caisse possédant déjà un double fond amovible. Sinon, le construire avec une planche aux dimensions adéquates pour constituer le sol du poulailler, que l'on fera coulisser sur les montants d'angle. Recouvrir cette planche de sol avec la bâche et en fixer les revers, par en-dessous, avec l'agrafeuse. Ce sol amovible rend le nettoyage plus facile.

2 **Le tiroir à œufs :** percer un trou dans l'un des côtés, de façon à y enfiler le tiroir, qui sera posé sur le double fond. Renforcer l'ouverture de l'intérieur, au besoin, avec un cadre de tasseaux.

3 **Les portes :** couper en deux la façade, afin de réaliser les deux portes. L'une d'entre elles sera percée, afin de servir d'ouverture. L'autre restera pleine. Y fixer deux planches horizontales sur toute la largeur et, par dessus, quatre planches verticales, comme sur le dessin Ces cadres permettent d'y faire coulisser latéralement une planche qui servira de porte pour la nuit, comme un loquet géant. Fixer les portes à l'aide de charnières apposées en extérieur.

4 **Le toit :** visser la tôle sur la solive, elle-même fixée au-dessus du linteau. C'est elle qui assure l'inclinaison pour que la pluie s'écoule. Prévoir des débords.

5 **Le sol :** poser le poulailler sur des briques ou des parpaings afin que le bois ne soit pas en contact avec la terre, ce qui le ferait pourrir prématurément. Visser des petits tasseaux sur une planche afin de fabriquer la rampe d'accès pour les poules.

6 **Les finitions :** peindre le bois ou le protéger avec du goudron de pin. Fixer, à l'intérieur, une branche d'arbre, en la choisissant de la bonne dimension pour qu'elle rentre en force : elle constituera le perchoir.

L'enclos autour du poulailler est réalisé en palettes et en grillage.

COMMENT FABRIQUER
une douche solaire

QUELQUES EXPLICATIONS SOMMAIRES POUR DONNER ENVIE DE SE RENSEIGNER SUR COMMENT BRICOLER UNE DOUCHE D'EXTÉRIEUR RACCORDÉE AU RÉSEAU DE LA MAISON. LE SOUCI, AVEC LE CHAUFFAGE SOLAIRE D'APPOINT, C'EST QUE L'EAU PEUT DEVENIR VRAIMENT BRÛLANTE, D'OÙ L'INSTALLATION DU ROBINET DOUBLE. IL Y A PLEIN D'AUTRES SOLUTIONS, CERTAINES PLUS SIMPLES (UN BIDON NOIR SUSPENDU), D'AUTRES PLUS ABOUTIES (UN RÉSERVOIR AVEC THERMOSIPHON).

MATÉRIEL
- DES POTEAUX
- DES DOSSES ET DES PLANCHES
- DES PORTES DE RÉCUP'
- DES PAUMELLES EN T (CHARNIÈRES)
- UN TRÈS LONG TUYAU NOIR SOUPLE
- UN RACCORD DE TUYAU EN T
- UN KIT DE DOUCHE AVEC ROBINET DOUBLE
- UNE PALETTE
- DU FIL MÉTALLIQUE INOXYDABLE
- DES VIS ET UNE PERCEUSE-VISSEUSE
- UN CAILLEBOTIS

Pour inspiration, l'aménagement du jardin où est installée la douche solaire : une cabane en forme de zome et une cuisine d'extérieur sur une simple terrasse couverte.

1 Construire une petite cabine en bois à partir de 4 poteaux enfoncés dans le sol et 3 murs en dosses ou en planches.

2 Y installer les portes de récup', les paumelles vissées sur les montants.

3 Fixer au robinet de la maison un T d'où partiront 2 tuyaux : l'un qui conduira l'eau froide, que l'on enterrera dans le jardin, et l'autre, très long, qui serpentera au soleil pour chauffer l'eau.

4 Visser un cadre autour d'une palette qui servira de support au serpentin de tuyau d'eau chaude. Enrouler celui-ci en spirale et l'attacher avec du fil métallique. Exposer ce panneau au soleil.

5 Raccorder les deux tuyaux (eau chaude et eau froide) au robinet et fixer celui-ci, ainsi que le kit complet, à la paroi de la douche.

6 Poser au sol le caillebotis et utiliser des produits naturels pour se laver, car l'eau s'écoulera dans le jardin.

Comment réaliser

un « keyhole garden »

APPELÉ «JARDIN EN TROU DE SERRURE» DE PAR SA FORME, C'EST UN PETIT POTAGER QUI COMPREND UN COMPOSTEUR EN SON CENTRE. JOLI ET PRATIQUE À INSTALLER TOUT PRÈS DE LA MAISON, POUR Y JETER QUOTIDIENNEMENT SES ÉPLUCHURES ET LES FAIRE FRUCTIFIER.

Février : traçage au sol.

MATÉRIEL

- DU GRILLAGE (ENVIRON 1 X 1,5 M)
- DU FIL MÉTALLIQUE
- AU MOINS 4 PIEUX OU PIQUETS DE 1 M
- UN COUVERCLE DE 60 CM DE DIAMÈTRE
- DES PIERRES
- DE LA TERRE ARGILEUSE (POUR LES JOINTS)
- DE LA BONNE TERRE (POUR LE POTAGER)
- DU BOIS EN DÉCOMPOSITION
- DE L'HUMUS OU DU FUMIER
- DE LA PAILLE OU DU FOIN
- DES PETITS PLANTS OU DES GRAINES

Les murs montés et la tour de compostage posée.

1 Marquer au sol un cercle de 2,5 m de diamètre environ, avec une encoche menant au centre qui permettra l'accès au composteur (il s'agit des dimensions du *keyhole* pris en photo : on peut choisir de le faire plus grand). À faire plutôt dès l'hiver.

2 Monter les murets en pierres sèches et consolider les joints avec de la terre argileuse mélangée à de l'eau de façon à constituer une boue épaisse. On peut y ajouter de la paille émiettée finement (ou de la tonte de gazon sèche) afin de fibrer ce liant et de réduire les fissures. Monter ce muret jusqu'à mi-cuisse environ : un potager en hauteur est plus agréable à travailler qu'au sol, et par ailleurs il capte et maintient mieux la chaleur du soleil, ce qui le rend utilisable presque toute l'année.

3 Planter au centre un cercle de pieux ou de piquets de façon à former avec le grillage une tour de 50 cm de diamètre environ, fermée avec le fil métallique. Ce sera le composteur. Il doit dépasser du niveau des murets.

Le bois mort au fond.

4 Tapisser le sol du *keyhole* (sauf dans la tour) de gros morceaux de bois en décomposition ramassés dans la forêt ou au jardin. Bien arroser, puis recouvrir d'une couche de végétaux verts. Arroser à nouveau, sans hésiter à uriner dans l'arrosoir ! L'urine (diluée à 20 %, voire à 10 % en cas d'arrosage direct des plantations) est un excellent engrais azoté. Ajouter des feuilles mortes, de l'humus ou du fumier, selon ce dont on dispose. On peut aussi mettre du compost déjà mûr ou disperser des épluchures. Finir par une couche épaisse de bonne terre en ménageant une légère pente descendant du centre vers l'extérieur, puis pailler pour protéger la terre, qui ne doit jamais être à nu.

La fin de l'hiver au repos sous le paillage, puis le repiquage en avril-mai.

5 Planter des graines ou repiquer des petits plants de légumes. Utiliser la tour centrale comme composteur, avec le couvercle posé dessus. S'il s'en dégage des odeurs désagréables, recouvrir les épluchures d'une couche de sciure ou de copeaux.

Juillet : les fraises ont donné en juin, les laitues gonflent et resplendissent, les tomates sont encore vertes, les courgettes déjà géantes, le fenouil monte en flèche, le chou kale est mangeable, l'aubergine fleurit timidement, le potimarron rampe et les haricots se portent bien, merci...

Comment fabriquer un petit composteur de ville

QUE L'ON SOIT JARDINIER OU NON, UN BAC À COMPOST N'A PAS SEULEMENT POUR OBJECTIF DE PRODUIRE DU TERREAU FERTILE, MAIS AUSSI DE RÉDUIRE LES DÉCHETS, ET NOTAMMENT LES DÉCHETS ORGANIQUES HUMIDES (LES ÉPLUCHURES), QUI CONSOMMENT INUTILEMENT DE L'ÉNERGIE POUR ÊTRE BRÛLÉS.
D'OÙ CE TOUT PETIT MODÈLE URBAIN POUR TOUT PETIT JARDIN.

MATÉRIEL

- DES TASSEAUX
- DES PLANCHES (RÉCUP)
- 2 CHARNIÈRES
- DES VIS ET UNE VISSEUSE
- UNE SCIE ÉGOÏNE
- FACULTATIF : UN PETIT MEUBLE DE RÉCUP

1 Le principe est extrêmement simple : il suffit de fabriquer un coffre non étanche, pour que l'air circule, et sans fond, à poser directement sur la terre pour faciliter la vie des vers de terre. Quand on habite en ville, il suffit d'ouvrir l'œil : il se présentera bien, sur un trottoir, un petit meuble à jeter qu'on pourra adapter. Sinon, on peut tout simplement fabriquer un parallélépipède avec des tasseaux.

2 Sur la photo, il s'agit à la base d'une petite étagère dont on a coupé les pieds et qu'on a retournée. Les interstices entre les planches ont été comblés par des tasseaux, et les deux autres faces sont faites de planches de coffrage.

3 Le couvercle tient avec deux charnières. Il n'est pas nécessaire qu'il soit étanche.

4 En bas, on peut réaliser une trappe pour récupérer le terreau. Ici, pour commencer, une simple planche vissée horizontalement, qui se perfectionnera le moment venu (le terreau met plusieurs mois à se constituer). Parfois, il vaut mieux faire vite et sommairement plutôt que d'envisager un projet de construction « parfait » mais qu'on diffère sans cesse du fait de sa complexité.

Comment fabriquer

une palissade en planches de récup

Une astuce déco pour recycler toutes sortes de chutes de planches afin de réaliser une jolie bordure au jardin.

MATÉRIEL

- DES TASSEAUX (DEUX PAR LONGUEUR DE PALISSADE)
- DES PIQUETS
- DES PLANCHES DE RÉCUP' (TOUS FORMATS)
- UNE SCIE
- DES VIS ET UNE VISSEUSE
- UNE BARRE À MINE

1 Planter les piquets dans le sol, espacés de la longueur des tasseaux.

2 Visser ces tasseaux horizontalement sur les piquets, l'un à 15 cm du sol environ et l'autre selon la hauteur de palissade désirée. On ne les verra pas en façade.

3 Visser ensuite les morceaux de planches de récup, verticalement. C'est leur diversité qui fait toute l'esthétique.

COMMENT FABRIQUER un atelier patouille en palette

UNE PETITE CUISINE D'EXTÉRIEUR POUR ENFANTS, À FABRIQUER EN MOINS D'UNE HEURE AVEC UNE PALETTE ET QUELQUES PLANCHES. POUR CUISINER DU SABLE, DES PÂTÉS ET AUTRES SOUPES AUX CAILLOUX.

MATÉRIEL

- UNE PALETTE
- UN POTEAU POUR FAIRE QUATRE PIEDS
- QUELQUES PLANCHES COMPLÉMENTAIRES
- UN SALADIER EN PLASTIQUE AVEC UN REBORD
- DES VIS ET UNE VISSEUSE
- UNE SCIE

1 Couper la palette en deux le long de la traverse centrale. La moitié qui comprend les deux traverses formera le plan de travail.

2 Dévisser les lattes de l'autre moitié afin de compléter la première.

3 Fixer quatre pieds et consolider avec des planches latérales, derrière et sur les côtés.

4 Visser ce qui reste de la seconde moitié à l'arrière du plan de travail, en guise de crédence.

5 Ajouter une tablette supérieure. Juste en dessous. Faire dépasser des vis afin que l'on puisse y accrocher des accessoires.

6 Percer le plan de travail en cercle pour pouvoir y inclure le saladier. Il ne reste plus qu'à jouer avec de l'eau et du sable.

Comment fabriquer

une plateforme de jeux

IL SUFFIT SOUVENT D'ÊTRE À UN MÈTRE DU SOL ENTRE LES ARBRES POUR AVOIR L'ILLUSION D'HABITER UNE CABANE PERCHÉE… CETTE PLATEFORME RÉALISÉE PAR UN AMI CHARPENTIER, À USAGE DE CABANE POUR ENFANTS COMME DE COIN DE REPOS POUR TOUT ÂGE, SEMBLE ÊTRE SUSPENDUE AUX TRONCS ADJACENTS, MAIS ELLE EN RESPECTE LA CROISSANCE POUR S'APPUYER, EN FAIT, SUR DES POTEAUX INDÉPENDANTS.

MATÉRIEL

- DU BOIS D'OSSATURE (45 X 145 MM)
- QUATRE POTEAUX
- DES CHEVRONS
- DES PLANCHES DE TERRASSE
- DES BRANCHES POUR L'ÉCHELLE
- UNE PIOCHE
- UNE TRONÇONNEUSE
- UNE SCIE
- DES LONGUES VIS À BOIS ET UNE VISSEUSE
- UNE PONCEUSE

1 Dessiner la plateforme en fonction des arbres environnants pour donner l'illusion qu'elle y est suspendue : on se contentera d'épouser l'arrondi des troncs qui la jouxtent.

2 Creuser à la pioche les quatre trous aux endroits où seront enfoncés les poteaux de support. (Si l'on veut faire les choses de façon plus durable, ou dans une région humide, il vaut mieux couler des petits massifs de béton et y ficher des supports à pilier en acier galvanisé.)

3 Couper deux des poteaux à mi-bois de façon que la moitié sectionnée supporte l'épaisseur du bois d'ossature vertical. Couper à 45° les contrefiches de chaque côté de cet axe. Ces deux ensembles de trois bois seront pris en sandwich (on dit « moisés ») entre deux longueurs de bois d'ossature horizontales qui supporteront la terrasse.

Les visser ensemble et sur les poteaux du fond enfouis dans le sol.

4 Aux autres angles, entailler les poteaux pour que le tiers central de l'épaisseur rentre entre la moise, les deux tiers de chaque côté supportant les deux poutres.

5 Visser les chevrons sur ce support, espacés de 50 cm environ, puis les lames de terrasse. Les découper à la scie sauteuse pour qu'elles fassent le tour des arbres adjacents. Cacher l'épaisseur de la terrasse par une lame de parement. Poncer pour rendre la terrasse douce aux pieds nus.

6 L'échelle a été réalisée très simplement en vissant deux chevrons parallèles sur le parement renforcé et sur une planche au sol, les marches étant des branches vissées qui donnent l'impression aux enfants de grimper à l'aventure. Tapis, coussins et maisonnette feront le reste…

Comment installer

une baignoire d'extérieur

chauffée au feu de bois

MATÉRIEL

- UNE BAIGNOIRE EN FONTE
- DES PIERRES
- DEUX VITRES SOLIDES EN GUISE DE COUVERCLE
- DU RUBAN ADHÉSIF TOILÉ
- UNE PLANCHE POUR L'ASSISE
- DE L'EAU ET UN TUYAU D'ARROSAGE
- DE QUOI FAIRE UN FEU
- FACULTATIF : DES SELS DE BAIN, DES PÉTALES OU DES INFUSIONS QUI N'ABÎMERONT PAS L'ÉCOSYSTÈME DU JARDIN

L'ALLIANCE DE L'EAU, DU FEU ET DU PLEIN CIEL, VOIRE À LA BELLE ÉTOILE. UN RÊVE DE BAIN NORDIQUE OU D'ONSEN JAPONAIS. UN RÊVE À PORTÉE DE MAIN : IL SUFFIT DE RÉCUPÉRER UNE BAIGNOIRE EN FONTE. SON INSTALLATION EST MINIMALE, DU MOMENT QU'UN TUYAU D'ARROSAGE PERMET DE LA REMPLIR. ON FAIT UN PETIT FEU DESSOUS, ELLE DEVIENT GRANDE MARMITE. ON ÉTEINT, ON S'IMMERGE, ON SAVOURE LA VUE, LES ODEURS, LES SENSATIONS.
ET LES ENFANTS ADORENT AUSSI, BIEN SÛR...

1 Bien choisir l'emplacement de la baignoire, sur un sol pas trop meuble et à proximité d'un point d'eau afin de pouvoir la remplir à l'aide d'un tuyau d'arrosage. La porter jusqu'à l'emplacement choisi et prendre quelques repères au sol.

2 Piocher un peu l'emplacement du foyer. L'espace final du feu fera tout au plus 40 cm de largeur et 30 cm de hauteur.

3 Creuser sous l'emplacement de la bonde une petite rigole qui évacuera l'eau loin du foyer.

4 Caler la baignoire. Habiller l'extérieur en montant un parement de pierres sèches, afin de la fondre dans le paysage. Daller également de pierres plates le parvis devant le foyer, par sécurité, ainsi que le fond du foyer (l'humidité qui remonte du sol pourrait rendre difficile l'allumage du papier journal).

5 Protéger les bords des vitres avec du ruban adhésif (ou un cadre de bois) pour éviter de se couper les mains quand on les manipulera.

6 Remplir la baignoire d'eau aux deux tiers. Parfumer l'eau avec des sels, ou avec des fleurs si celles-ci ont besoin d'infuser. La recouvrir des plaques de verre pour la faire chauffer au soleil pendant plusieurs heures.

7 Si la température obtenue n'est pas suffisante, faire un petit feu en dessous : un quart d'heure suffit, c'est comme une grande marmite. Éteindre le feu avant d'entrer dans l'eau (pas comme sur la photo !).

8 S'asseoir au fond du bain sur une petite planche de bois pour se protéger de la paroi, qui sera très chaude, au début du bain. Elle aura l'avantage de garder l'eau à bonne température bien plus longtemps qu'un bain ordinaire. Une fois dans le bain, on peut même recouvrir la baignoire des plaques de verre se chevauchant, pour garder l'eau chaude encore plus longtemps.

Comment faire

un pot surprise à pommes de terre

CETTE JOLIE PLANTE VERTE BIEN TOUFFUE CACHE UN SECRET : QUAND ON SOULÈVE LE POT PAR SON ANSE, ON DÉCOUVRE QU'IL EST EMBOÎTÉ DANS UN SECOND POT. ET DANS LES TROUS, MIRACLE : ON PEUT RÉCOLTER DES POMMES DE TERRE !

MATÉRIEL

- 2 SEAUX EN PLASTIQUE DE TAILLE IDENTIQUE
- UNE GRANDE COUPELLE POUR LA BASE (SAUF SI ON POSE LE POT SUR UN SOL DE TERRE)
- UN CUTTER
- DU TERREAU DE PLANTATION
- DE LA TERRE DE JARDIN
- QUELQUES POMMES DE TERRE
- DE LA PAILLE

1 Laisser germer quelques pommes de terre (ou utiliser des pommes de terre qui ont déjà germé par inadvertance).

2 Découper de larges trous dans l'un des seaux, à l'aide du cutter.

3 Perforer le fond de l'autre seau pour que l'eau puisse s'en échapper.

4 Mélanger pour moitié de la terre de jardin ordinaire et du terreau de plantation. En tapisser le fond du pot découpé, placé dans l'autre seau, sur 15 cm d'épaisseur environ.

5 Enfoncer une ronde de pommes de terre dans cette terre, à 5 cm de profondeur, germes vers le haut, proches de la circonférence du pot et espacées de 10 cm au moins. La saison idéale pour cette phase est le mois de mars. Recouvrir d'une couche de paille. Poser les pots emboîtés sur un sol de terre ou sur la coupelle (et en vider l'eau de pluie régulièrement).

6 Patienter pendant trois semaines, en arrosant de temps en temps si le pot n'est pas exposé à la pluie. Les pousses vont grandir et former des feuilles. Quand elles font environ 10 cm de haut, verser à nouveau 5 cm de mélange terre + terreau (les feuilles doivent dépasser).

7 Laisser pousser et renouveler cette opération jusqu'à atteindre le haut du pot : les tubercules vont se développer le long de la tige enfouie.

8 Quand le feuillage est fané, soit trois à quatre mois plus tard, les pommes de terre sont prêtes à être récoltées !

Comment faire du purin d'orties

À LA FOIS ENGRAIS ET ANTI-NUISIBLES, LE PURIN D'ORTIES EST CONSIDÉRÉ PAR LES JARDINIERS COMME UNE SORTE DE PANACÉE. DE L'ART DE CONVERTIR EN BIENFAIT UNE PRÉTENDUE MAUVAISE HERBE.

MATÉRIEL

- 1 KG D'ORTIES FRAÎCHES
- 10 L D'EAU DE PLUIE
- DES GANTS
- UN SÉCATEUR
- UNE BALANCE
- UN TRÈS GRAND RÉCIPIENT NON MÉTALLIQUE
- UN LINGE
- UN MORCEAU DE FICELLE
- DES BIDONS

1 Récupérer de l'eau de pluie. À défaut, si c'est de l'eau du robinet, la laisser exposée à l'air pendant 3 jours pour que le chlore s'évapore. Si l'eau est très calcaire, ajouter 5 c. à s. de vinaigre blanc pour équilibrer le pH.

2 Couper au sécateur un grand nombre de feuilles d'ortie avec leur tige, en se protégeant avec des gants. Les peser : on doit en avoir 1 kg.

3 Les mettre à macérer avec l'eau dans un récipient assez grand pour pouvoir brasser le mélange.

4 Laisser macérer sous couvert du linge, à l'ombre, en brassant une fois par jour.

5 Au bout de 4 à 10 jours, une mousse blanche apparaît en surface.

6 Mélanger. Quelques jours plus tard, quand il n'y a plus de mousse, même quand on mélange, c'est que le purin est prêt. Il ne faut pas attendre plus longtemps, sinon il entrera en putréfaction. Le purin a une odeur, mais celle-ci ne doit pas être infecte.

7 Nouer le linge sur le récipient et s'en servir comme filtre pour verser le liquide dans les bidons. Il doit être exempt d'impuretés, sinon la fermentation se poursuit.

8 Conserver les bidons au frais dans la cave, jusqu'à un an. Le purin d'orties s'utilise en arrosage, toujours dilué à 10 %, jamais pur. Pour une pulvérisation directe sur les feuilles, le diluer à 5 %.

Comment fabriquer une balustrade en palettes végétalisées

PRÉCIEUSES PALETTES ! ELLES SERVENT ICI À FAIRE UNE SOLIDE RAMBARDE DE TERRASSE, AVEC EN BONUS L'OPTION VÉGÉTALISATION : LA FACE INTERNE DES PALETTES SE TRANSFORME FACILEMENT EN BACS À PLANTES.

La balustrade côté extérieur

Idéal pour les succulentes

MATÉRIEL

- DES PALETTES DE TAILLE IDENTIQUE
- DES PLANCHES LONGUES
- DES VIS COURTES ET TRÈS LONGUES
- DES CHUTES DE TISSU
- DU TERREAU ET DES PLANTES

L'intérieur des palettes végétalisées

1 Disposer les palettes côte à côte, face plane à l'extérieur, et les fixer au sol par de longues vis obliques.

2 Visser une longue planche au-dessus qui servira à assembler les palettes et à constituer la zone d'appui. (La poncer si besoin.)

3 Couper des planches d'une taille adéquate pour former le socle des jardinières et les visser par en dessous.

4 Tapisser l'intérieur des bacs ainsi constitués avec les chutes de tissu, puis remplir de terreau et disposer les plantes choisies.

COMMENT FAIRE un ruisseau sec

POUR ÉVOQUER L'IDÉE D'EAU DANS UN JARDIN QUI EN MANQUE OU SIMPLEMENT POUR L'HARMONIE D'UN TRACÉ SINUEUX, ON PEUT AVOIR ENVIE DE CRÉER DE TOUTES PIÈCES UN FAUX RUISSEAU, EN S'INSPIRANT DE LA TECHNIQUE DES PAYSAGISTES JAPONAIS DE JARDINS SECS (*KARENAGARE*).

Le ruisseau sec qui est montré en photo a été conçu depuis une descente de gouttière jusqu'à une citerne enterrée, avec un fond étanche, afin de pouvoir se transformer occasionnellement en vrai ruisseau. On peut aussi se contenter de l'esthétique, sans se soucier de cette étanchéité.

1 Tracer au sol la forme sinueuse du ruisseau, en aménageant au moins deux virages. Creuser un fossé d'une largeur qui peut être variable mais jamais inférieure à 40 cm, et de 20 à 30 cm de profondeur. Selon le dénivelé du terrain, on peut choisir de former un petit palier (sur la photo, le bord gauche du fossé) pour former une berge sur laquelle sera posé le bord de la membrane EPDM.

2 Découper des morceaux de membrane EPDM ou de géotextile et les disposer au fond du fossé, en les faisant chevaucher aux extrémités. Les faire déborder sur les côtés, mais pas trop, sinon il sera compliqué de planter tout près du lit.

3 Ménager un ou deux passages, soit au moyen d'un petit pont (*kibashi*), soit en réalisant un gué de pierres plates, très épaisses et semi-enterrées. Leur alignement pourra se poursuivre en pas japonais.

4 Déverser dans le lit du ruisseau les petits galets roulés (on les trouve à bas prix dans les points de vente de matériaux où ils se vendent au godet) de façon à recouvrir la bâche ou le textile.

5 Aller se promener sur les bords d'une vraie rivière et récupérer des pierres rondes de toutes tailles, sans oublier les plus grosses, si possible. En profiter pour bien observer comment elles se disposent naturellement afin d'imiter cette harmonie une fois de retour à la maison.

MATÉRIEL

- UNE PIOCHE
- UNE HOUE
- UNE BANDE DE MEMBRANE EPDM (SI L'ON VISE L'ÉTANCHÉITÉ), SINON DU GÉOTEXTILE
- DES PETITS GALETS ROULÉS (MAGASIN DE MATÉRIAUX)
- DES GALETS DE RIVIÈRE DE TOUTES TAILLES (À RÉCUPÉRER)
- DES PLANTES DE ROCAILLE
- DES ROCHERS DÉCORATFS
- DES GRANDES PIERRES PLATES POUR FAIRE LE GUÉ
- UN PETIT PONT

6 Commencer par disposer les plus grosses, de-ci de-là, puis les entourer de pierres de moyenne et petite taille, un peu comme un éboulis qui partirait des berges jusqu'au lit.

7 Disposer également les rochers et quelques pierres plates, au fur et à mesure que l'on plante les diverses plantes de rocaille. C'est un exercice de mise en pages : d'abord les grandes lignes, puis l'on va de plus en plus dans les détails.

Comment faire

une manche à air japonaise

(koinobori)

Ces manches à air sont traditionnellement associées à la fête des enfants, célébrée au Japon au mois de mai. Ce modèle s'amuse à prendre le mot au pied de la lettre puisqu'il est réalisé dans la manche d'une chemise usagée. Les vraies couturières préféreront partir de coupons de tissu ordinaires et coudre les ailerons et la queue pris dans les deux coupons : à chacun son degré d'exigence ! Ici, c'est la version facile.

MATÉRIEL

- Une chemise légère usagée
- Un morceau de tissu léger en complément
- Un marqueur noir pour les yeux
- Du fil et une aiguille
- Un morceau de fil de fer assez rigide
- Un autre morceau de fil de fer plus fin
- Une pince coupante
- Une tige de bambou ou une perche fine

1 Découper la manche de la chemise usagée qui servira de manche à air (sur la photo, une chemise d'enfant taille 6 ans, mais toutes les tailles conviennent).

2 Tracer puis découper les ailerons et la queue dans le tissu complémentaire.

3 Coudre un aileron sur le dos, deux petits sur le ventre et la queue à l'extrémité sans ourlet.

4 Dessiner les yeux du poisson au marqueur. (On peut aussi coudre des petits disques de tissu si les motifs ne permettent pas de rendre l'œil visible au marqueur.)

5 Entailler l'ourlet de la manche de façon à pouvoir y glisser le fil de fer rigide. Le pousser jusqu'au bout, entortiller les deux extrémités pour fermer le cercle ainsi obtenu et couper l'excédent à la pince coupante.

6 Nouer le fil de fer fin sur ce cercle formant la bouche du poisson et autour du bambou, de façon que le vent puisse faire bouger la manche à air et qu'elle puisse pivoter autour de son axe.

7 Planter le bambou à l'extérieur et observer le vol du poisson dans le vent.

COMMENT FAIRE

du tataki zome (teinture végétale martelée)

ART ANCESTRAL JAPONAIS, LE *TATAKI ZOME* CONSISTE À PRENDRE L'EMPREINTE DE VÉGÉTAUX SUR UN TEXTILE PAR MARTELAGE. IL EN RÉSULTE DES SOUVENIRS COLORÉS SELON UN MODE ALÉATOIRE, CERTAINES FLEURS OU FEUILLES MARQUANT LE TISSU DE FAÇON SURPRENANTE. UNE ACTIVITÉ MÉDITATIVE ET/OU À PARTAGER AVEC DES ENFANTS.

MATÉRIEL

- DES CHUTES DE TISSU NATUREL BLANC (COTON OU LIN)
- DES VÉGÉTAUX RICHES EN TANINS
- UN MARTEAU

1 Partir en promenade et rapporter toutes sortes de végétaux – fleurs, feuilles, herbes – fraîches, pas trop vernissées, comportant un certain degré d'humidité : en fait, riches en tanins.

2 Les disposer sur le tissu, en sachant que l'envers des feuilles marque plus que leur endroit.

3 Recouvrir les végétaux d'un tissu de protection (qui sera, lui aussi, marqué) et tapoter doucement mais régulièrement, afin d'exprimer les sucs colorants sans aboutir non plus à la formation d'une bouillie qui déborderait trop des contours.

4 Retirer le linge de protection, puis décoller délicatement les végétaux. Si certains petits morceaux adhèrent encore, les laisser sécher plutôt que de s'acharner au risque d'abîmer l'empreinte : ils partiront plus tard.

5 Le tissu ainsi teinté ne peut pas être lavé, il est plutôt destiné à être exposé tel quel. Si toutefois l'on souhaite en faire un usage qui nécessite des lavages, on peut fixer les motifs au fer à repasser ou par trempage dans un bain de vinaigre blanc ou de sulfate de fer, mais les couleurs seront modifiées et désaturées.

COMMENT FABRIQUER

une banquette en palette

en moins d'une heure

UN PRINCIPE À ADAPTER SELON LE TYPE DE PALETTE QUE LE HASARD MET SUR LA ROUTE : LE DOSSIER CONSTITUE UN GROS TIERS DE LA PALETTE, ET IL VIENT S'ENCASTRER DANS L'INTERSTICE ENTRE DEUX PLANCHES DE L'ASSISE. LA DÉCO EST RÉALISÉE EN TOILE CIRÉE À MOTIFS, DÉCOUPÉE ET COLLÉE PAR ENDROITS.

MATÉRIEL

- UNE PALETTE
- DES CLOUS
- DES VIS
- UNE SCIE ÉGOÏNE
- UN CISEAU À BOIS
- UN MARTEAU
- UN TOURNEVIS
- UN PINCEAU
- DES CISEAUX
- DE LA PEINTURE
- DE LA TOILE CIRÉE À MOTIFS
- DE LA COLLE NÉOPRÈNE

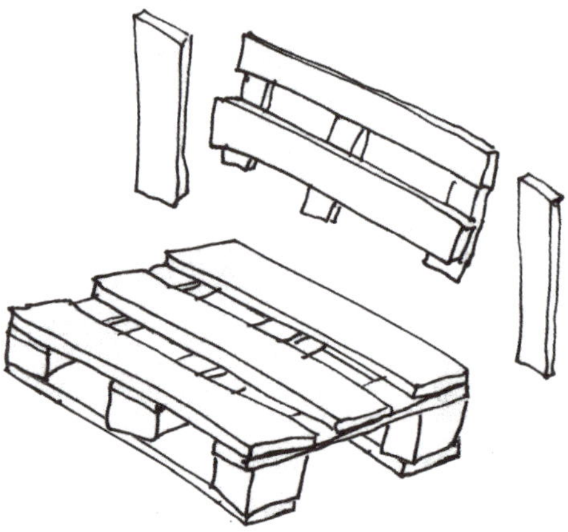

1 Scier la palette de façon à obtenir une assise qui repose sur quatre plots en guise de pieds, ce qui revient à en retirer un peu moins de la moitié, qui servira de dossier.

2 Retirer les plots et la planche fixés sous le morceau de palette constituant le dossier.

3 Élargir l'écart entre deux des planches de l'assise, à l'aide du ciseau à bois et du marteau, en trois endroits (aux extrémités et au milieu) afin de pouvoir y glisser en force les montants verticaux du dossier. Bien appuyer.

4 Couper la planche restante en deux morceaux de la hauteur totale du dossier et de l'assise. Visser ces deux planches verticales à l'arrière du dossier et dans les plots à l'arrière de l'assise.

5 On peut peindre cette banquette et y ajouter des ornements. Les décos sur la photo ont été découpées dans une chute de toile cirée, puis collées.

COMMENT CONFECTIONNER

des bombes de graines

AVEZ-VOUS DÉJÀ ENTENDU PARLER DE LA « GREEN GUERILLA » ?
ELLE CONSISTE À COMBATTRE LA GRISAILLE DES VILLES À L'AIDE DE BOMBES... DE GRAINES !
ON LES LANCE DANS LES TERRAINS VAGUES ET AUTRES RECOINS URBAINS
AFIN DE LES ENSEMENCER EN DOUCE. LES ENFANTS VONT ADORER JOUER À CETTE GUERRE-LÀ !

MATÉRIEL

- DE L'ARGILE EN POUDRE
- DU TERREAU
- DES GRAINES
- UN RÉCIPIENT POUR MÉLANGER
- UN VAPORISATEUR (FACULTATIF)

1 Mettre dans le récipient 2 volumes d'argile pour 1 volume de terreau. Ajouter quelques graines.

2 Verser un peu d'eau. Mélanger pour former une boule compacte. Ajouter de l'eau si nécessaire jusqu'à ce que la consistance soit assez compacte pour former une boule qui tient dans le creux de la main.

3 Laisser sécher au moins pendant 24 heures afin que les bombes durcissent : elles seront plus faciles à manipuler, et surtout à lancer.

4 Se promener dans la ville entre les mois d'avril et de juin, et lancer les bombes dans les endroits qui semblent favorables. À la première pluie, les bombes de graines vont s'imbiber d'eau, l'argile va se déliter et la sphère s'ouvrir. Les semences bénéficieront ainsi de bonnes conditions pour germer et fleurir d'ici l'été.

Cette technique de semis est pratiquée depuis l'Antiquité égyptienne. Elle a été remise au goût du jour par Masanobu Fukuoka, célèbre défenseur de l'agriculture naturelle au Japon, puis elle est devenue une arme du mouvement new-yorkais The Guerilla Gardening à partir des années 1970. Aujourd'hui, elle est également pratiquée pour lutter contre la déforestation, notamment au Kenya.

COMMENT FABRIQUER une mangeoire pour oiseaux

BRICOLER À PARTIR DE MATÉRIAUX QUI SE DÉCOMPOSENT NATURELLEMENT, COMME L'ÉCORCE D'ORANGE, LE BOIS ET LA FICELLE, C'EST AVOIR LE PLAISIR DE CRÉER DES OBJETS SANS IMPACT SUR L'ENVIRONNEMENT. ICI POUR DONNER UN PETIT COUP DE MAIN AUX OISEAUX QUAND ILS PEINENT À TROUVER LEUR NOURRITURE EN HIVER...

MATÉRIEL

- 1/2 ORANGE
- 1 BOULE DE GRAISSE AUX GRAINES POUR OISEAUX
- DES CURE-DENTS
- DE LA FICELLE

1 Couper en deux l'orange et évider proprement l'une des moitiés.

2 La percer de 3 trous équidistants, situés à 1 cm du bord.

3 Couper 3 brins de ficelle de 45 cm. Les plier en deux et passer les deux extrémités ensemble de chaque brin dans un trou de façon à obtenir une boucle, dans laquelle on passe les deux extrémités pour faire un nœud.

4 Nouer ensemble tous ces brins à une autre ficelle, qui permettra d'accrocher la mangeoire à une branche d'arbre.

5 Remplir la cavité de l'orange avec une boule de graisse aux graines, vendue en animalerie.

6 Piquer des cure-dents horizontalement, qui maintiendront la boule en place et serviront de perchoirs.

Comment réaliser

un muret de succulentes

SI L'ON A LA CHANCE DE DISPOSER DE PIERRES NATURELLES SUR SON TERRAIN OU DANS LE CHAMP VOISIN, IL EST ASSEZ FACILE DE S'IMPROVISER MAÇON SUR UNE PETITE HAUTEUR QUI NE PRÉSENTE PAS TROP D'ENJEU : C'EST L'OCCASION DE RÉALISER UN MURET QUE L'ON PEUT GARNIR DE PLANTES SUPPORTANT UNE CERTAINE SÉCHERESSE, COMME LES CACTÉES OU LES SUCCULENTES.

MATÉRIEL

- DES PIERRES
- DE LA CHAUX NHL 3,5
- DU SABLE
- DES PIQUETS
- DE LA FICELLE
- UN SEAU
- UNE TRUELLE
- UNE MASSETTE
- UN BURIN
- DES SUCCULENTES ET DES CACTÉES
- DU TERREAU ADAPTÉ
- DES GALETS
- DU GRAVIER DÉCORATIF

1 Terrasser l'emplacement du muret pour le rendre bien plat. Si la terre est souple, décaisser un peu et étaler un petit lit de sable ou de gravier.

2 Délimiter le muret en plantant des piquets aux angles et en tirant un cordeau sous la forme d'une ficelle reliée aux piquets : elle guidera la construction pour garantir le bon alignement du mur.

3 Choisir pour la base des pierres massives, solides, plates, avec une façade à peu près rectiligne. Les disposer au sol pour s'entraîner à trouver le bon alignement.

4 Réaliser un mortier en mélangeant dans un seau 1 volume de chaux pour 3 volumes de sable. Ajouter de l'eau et mélanger jusqu'à obtenir une pâte épaisse.

5 Décaler les pierres de la base afin de dégager de la place pour étaler le lit de mortier, puis remettre les pierres une par une, en les calant au mieux pour assurer une assise solide.

6 Poursuivre les rangées supérieures en alternant un lit de mortier, que l'on fera également couler dans les joints, et un encastrement de pierres. Les pierres suivantes seront moins massives, plus plates. Au besoin, les tailler à l'aide du burin et du marteau (taper sur chant plutôt qu'à plat, sinon elles risquent de casser de façon imprévisible).

7 Veiller à ménager un espace central dans le muret qui servira à recueillir la terre de plantation. Il peut être irrégulier. L'eau doit pouvoir s'écouler dans la profondeur de la terre ou à l'extérieur si jamais le fond est étanche.

8 Option : si jamais l'on veut électrifier l'endroit, c'est le moment de passer une gaine électrique. Par exemple (c'est le cas sur les photos), on peut inclure dans la maçonnerie des minispots à led étanches vendus pour les terrasses.

9 Remplir la cavité de terreau et planter les plantes Disposer harmonieusement les galets et le gravier.

COMMENT FABRIQUER

un jeu de Mölkky

UN JEU VENU DE FINLANDE, À MI-CHEMIN ENTRE LES QUILLES ET LA PÉTANQUE, TRÈS SYMPA POUR JOUER EN GROUPE À L'HEURE DE L'APÉRO, AU JARDIN OU SUR LA PLAGE.

MATÉRIEL

- DES BRANCHES DE 6 CM DE DIAMÈTRE (EN TOUT, 2 M DE LONGUEURS CUMULÉES)
- UNE SCIE
- UN MARQUEUR

1 Découper à la scie un rondin de 22 cm de long et douze rondins de 15 cm environ. Vérifier qu'ils tiennent bien debout, sinon ajuster la coupe.

2 Marquer des chiffres allant de 1 à 12 sur ces douze quilles et garder la plus grande vierge : elle servira pour le lancer.

LES RÈGLES DU JEU

Ce jeu traditionnel se joue à plusieurs, adultes ou enfants, éventuellement par équipes, sur un terrain plat.

LA MISE EN PLACE

On place les quilles debout et groupées selon l'ordre indiqué sur le schéma. On fait une trace au sol pour marquer la limite à ne pas dépasser pour les pieds, soit environ à 3 m au départ. Quand les quilles tomberont, elles devront être redressées à l'endroit où leur sommet est tombé : elles s'écartent donc au fil du jeu.

LES POINTS

Tour à tour, chaque joueur lance le morceau de bois le plus long en visant les quilles. Attention ! Si plusieurs quilles sont tombées, il gagne autant de points que de quilles renversées. Mais si une seule quille est renversée, il gagne le nombre de points correspondant au numéro écrit dessus. Ensuite, il redresse les quilles et il passe le projectile au joueur suivant.

L'OBJECTIF

Le gagnant est celui qui réussit à totaliser 50 points très exactement. S'il dépasse ce nombre, son score redescend aussitôt à 25. Enfin, en cas de trois scores nuls successifs, le joueur est éliminé.

Souvenir d'une partie de Mölkky sur la plage jusqu'au coucher du soleil.

COMMENT FABRIQUER

un brasero avec un tambour de machine à laver

C'EST TOUJOURS TRISTE, UN APPAREIL ÉLECTROMÉNAGER EN PANNE. ÇA VIENT GROSSIR LES TAS DE MATÉRIELS À OBSOLESCENCE PROGRAMMÉE. ALORS, SI ON PEUT AU MOINS EN FAIRE UN FEU DE JOIE...

MATÉRIEL

- UN TAMBOUR DE MACHINE À LAVER À HUBLOT
- UN SOCLE QUI NE CRAINT PAS LE FEU (tabouret en métal, pieds de lit ou de chaise, voire tasseaux ou simples briques)

1 On trouve parfois des tambours de machine à laver chez Emmaüs. Sinon, le récupérer sur une machine en panne. C'est assez long, il faut démonter la machine en commençant par l'arrière. On trouve des tutoriels en ligne.

2 Comme le tambour possède déjà des trous à la base et sur les côtés, on peut assez facilement y fixer des pieds avec des boulons. Sur la photo, il est seulement posé sur un tabouret métallique de récupération. On en voit sur Internet posés sur toutes sortes de supports, y compris une ancienne tondeuse transformée en socle roulant.

3 Pour l'utiliser en brasero, on fait un feu à l'intérieur, à l'abri du vent grâce aux parois, lesquelles transmettent la chaleur. Dans l'obscurité, la lueur des flammes à travers les petits trous donne du charme au dispositif...

Comment créer

une chambre d'amis dans une caravane

LA BONNE NOUVELLE, C'EST QU'UNE VIEILLE PETITE CARAVANE D'OCCASION NE COÛTE PAS CHER DU TOUT. IL SUFFIT DONC DE LA CUSTOMISER POUR EN FAIRE UN BUREAU OU UNE CHAMBRE D'APPOINT AU JARDIN.

MATÉRIEL

- UNE CARAVANE
- DES TISSUS VARIÉS (PAR EXEMPLE MOLLETONNÉS)
- UN MORCEAU DE TOILE CIRÉE POUR LA PORTE
- DU PLANCHER FLOTTANT
- DES BAGUETTES DE BOIS
- DES RUBANS
- DU DÉTERGENT, UNE BROSSE ET UNE GROSSE ÉPONGE
- DE LA PEINTURE D'ACCROCHAGE POUR LA SOUS-COUCHE
- DE LA PEINTURE D'EXTÉRIEUR DE QUALITÉ
- DES PINCEAUX ET DES ROULEAUX
- DE LA COLLE NÉOPRÈNE
- DES CISEAUX DE COUTURIÈRE ET UN CUTTER
- UNE PERCEUSE AVEC DES MÈCHES FINES POUR MÉTAL
- DES VIS FINES ET UN TOURNEVIS
- UNE SCIE POUR LES BAGUETTES
- UNE AGRAFEUSE MURALE

1 Récupérer ou acheter une petite caravane d'occasion (entre 150 et 300 €). La vider intégralement de ses équipements. Trouver l'emplacement idéal dans le jardin, et la caler avec des pierres ou des parpaings afin d'éviter qu'elle repose sur ses roues.

2 **Pour l'extérieur** : bien nettoyer avec un détergent à plastique, laisser sécher, puis passer une sous-couche d'accrochage un peu diluée. Elle n'a pas besoin d'être opaque, elle doit surtout être régulière, lisse, sans tracés de pinceau. Passer ensuite deux couches de peinture.

3 Pour la porte, découper un morceau de toile cirée et la coller à la néoprène.

4 **Pour l'intérieur** : si les murs sont en contreplaqué, il suffit d'agrafer les morceaux de tissu, en commençant par le haut. (La caravane en photo est faite de plaques de polystyrène montées sur une armature de métal. C'est la configuration la plus compliquée : il a fallu repérer l'armature, en tracer les contours, la pré-percer puis y visser les pans de tissu).

5 Masquer les jointures du patchwork ainsi que les bordures avec des baguettes de bois vissées.

6 Pour les rideaux, le plus simple est d'agrafer par le haut des pans de tissu que l'on maintient roulés, horizontaux, avec des rubans, également agrafés, dans la journée.

7 Recouvrir le sol de parquet flottant (facile à assembler et à clouer), qui assure une belle finition et consolide.

8 Ajouter un sommier, calé sur les protections des roues, un matelas et un petit bureau.

La terrasse est faite de palettes aux interstices comblés par des tasseaux.

Idée déco : la chaise est recouverte d'un collage de cartes IGN.

TROIS AUTRES EXEMPLES DE CARAVANES CUSTOMISÉES EN CHAMBRES. LA PLUS GRANDE AVAIT UNE FORME UN PEU MILITAIRE. ON A FAIT OUBLIER SES ANGLES EN DESSINANT DESSUS UN GRAND OVALE ORANGE (C'EST ASSEZ FACILE AVEC DU RUBAN ADHÉSIF DE MASQUAGE SPÉCIAL ARRONDI). ELLE EST TAPISSÉE, À L'INTÉRIEUR, D'UN PATCHWORK DE CHITA, DU TISSU BRÉSILIEN FLEURI.

Comment fabriquer une hutte de sudation

Entre le sauna et le hammam, un « sweat lodge » inspiré de la tradition amérindienne.

Traditionnellement, l'expérience se fait à la pleine lune.

MATÉRIEL

- DES BRANCHAGES SOUPLES D'ENVIRON 3 M DE LONG
- DE LA FICELLE ET DU FIL DE FER TRÈS FIN
- DES COUVERTURES ET DES RIDEAUX
- PIOCHE, RATEAU, SCIE, CISEAUX, BOUSSOLE
- UNE BROSSE MÉTALLIQUE, UNE PINCE À FEU ET UNE PELLE
- DES PIERRES VOLCANIQUES QUI N'ÉCLATENT PAS SOUS L'EFFET DE LA CHALEUR

1 Débroussailler une clairière, ratisser le sol et délimiter un cercle de 2,5 m de diamètre environ. Creuser au centre un trou de 30 cm de profondeur.

2 Couper 8 branchages souples, les débarrasser de leurs feuilles et les assembler deux par deux.

3 Délimiter l'entrée au sud et creuser 8 trous régulièrement espacés. Y ficher les extrémités des branches et les nouer entre elles au sommet, ainsi que latéralement.

4 Intercaler d'autres branches horizontales selon le principe du tressage. Caler les bases avec de grosses pierres.

5 Recouvrir la hutte de plusieurs couches de couvertures, en les fixant par endroit à l'aide du fil de fer, pour qu'elles résistent au vent.

6 Prévoir une porte basse, qui devra être étanche. Si l'on utilise de vieux rideaux, on peut enfiler une branche dans les passants pour faciliter la manipulation de l'entrée. Recouvrir le sol de nattes (ici, de lavande séchée).

7 Le soir de la pleine lune, faire un grand feu et y mettre les pierres volcaniques jusqu'à ce qu'elles soient rouges (compter au moins 1 heure). Les brosser pour en retirer la cendre (toxique dans les vapeurs). Les transporter dans le trou de la hutte.

8 S'installer en cercle, assis au sol. On peut tenir à 9 adultes (ce n'est pas pour les enfants). Se dénuder autant qu'on le souhaite. Asperger les pierres avec un goupillon de branchages trempé dans un seau d'eau et ouvrir la cérémonie. C'est un espace d'épreuve physique, car la chaleur devient presque insoutenable, et aussi d'échanges, car les langues, dans le noir, se délient. Sortir se rafraîchir quand on n'en peut plus, si possible dans un ruisseau ou un baquet d'eau fraîche.

Le trou du centre, les premières arches, le tressage de l'armature, puis le toit de couvertures.

INDEX

À DÉCOUVRIR DANS LA MÊME COLLECTION

le gros livre initial
- *Tout faire soi-même*

l'almanach
- *Cette année, je fais tout moi-même*

la compilation
- *Tout faire soi-même - Esprit Nature*

les petits thématiques de 72 pages

- *Cuisine*
- *Cosmétiques*
- *Produits d'entretien*
- *Remèdes*
- *Goûters & petits déjeuners*
- *Bien-être*
- *Astuces écolo*
- *Zéro budget*
- *Bébé*
- *Déco*
- *Plantes d'intérieur*
- *En 30 minutes max*
- *Dans le jardin*
- *Avec les enfants*
- *Esprit Japon*
- *Astuces vegan*
- *Esprit récup*

REMERCIEMENTS

Merci à Gérald pour les plans de la maison si astucieusement pensés et sa contribution aux travaux, à Sébastien de l'APTE (association pour la promotion des techniques écologiques : apte-asso.org), à Elvis le charpentier, à Christian le plombier, à Charles de Veauce, de Montaigne Strategy, pour ses patients conseils concernant l'écographite, à Mykola qui a fait la cheminée Barbapapa et tant d'autres prouesses, à Pavel pour le banc enrouleur, les vitrages de la piscine, la pergola en bois et le lit d'extérieur, à tous les autres gars du chantier (Bastien, Florent, Fred, Manu, Rodolphe, Samuel, Slavik, Steve, Thonel, Valentin, Vladik), à Régis pour la finalisation de la piscine et le stuc, à Élie pour les toilettes sèches, à Arnold pour la baignoire d'extérieur et la hutte de sudation, à Léo et Hélène pour leur patience avec les enduits, à Bernadette pour tout ce qui est couture et autres aides si multiples, à Laurent pour le poulailler, à Camille pour les savons, à Tom pour l'atelier patouille, à Lene qui a peint le carrelage de la douche, à Corine pour l'arbre en mosaïque et les enduits, à Alma pour la sculpture en argile, la peinture sur verre et sa contribution au chantier, à mes enfants Félix et Avril qui ont mis la main à la pâte aussi, et à toute la bande du chantier participatif (Colin, Coline, Éliott, Élise, Hortense, Ida, Loïc, Loïs, Margaux, Maria, Marie-Agnès, Martin, Mickaël, Nicolas, Philomène, Timothée, Yvan, en plus de ceux déjà cités).

Tana S'ENGAGE

TANA est un éditeur qui s'engage pour la préservation de l'environnement et qui utilise du papier issu de forêts bien gérées certifiées FSC© et d'autres sources contrôlées.

Ce livre a été imprimé en France par un imprimeur certifié Imprim'Vert© avec des encres végétales. La couverture ne comprend pas de pelliculage contenant du plastique.

FSC www.fsc.org MIXTE Papier issu de sources responsables FSC® C003309

ISBN : 979-10-301-0460-8
Dépôt légal : septembre 2022
Imprimé en France par Pollina en août 2022

Site de l'auteur : raphaelevidaling.fr